동물 농장

동물 농장

조지 오웰 장편소설 박경서 옮김

Animal Farm

열린책들 세계문학
모노 에디션

ANIMAL FARM
by GEORGE ORWELL (1945)

우크라이나판 서문

7

동물 농장

17

에세이 — 작가와 리바이어던

155

역자 해설 — 정치적 글쓰기와 동물 소설

169

조지 오웰 연보

189

우크라이나판 서문[1]

　나는 『동물 농장』의 우크라이나판에 서문을 써달라는 부탁을 받았다. 나는 내가 알지 못하는 독자들을 위해 글을 쓰지만 어쩌면 독자들 또한 나에 대해 알 기회가 전혀 없었으리라고 생각한다.

　독자들은 내가 이 서문에서 『동물 농장』을 어떻게 쓰게 되었는지에 대해 몇 마디 하기를 기대할 테지만, 우선은 내 개인적인 이야기와 나의 정치적 견해를 형성시켜 준 경험에 대해 말하고 싶다.

　나는 1903년에 인도에서 태어났다. 나의 아버지는 그곳에서 영국 행정부 소속 공무원이었으며 나의 가정은 군인, 성직자, 공무원, 교사, 법률가, 의사 등의 가정처럼

---

[1] 1947년 오웰은 『동물 농장』의 특별 서문을 써서 같은 해 11월 뮌헨에 있는 〈우크라이나 추방자 기구〉에서 출간한 우크라이나판에 실은 바 있다. 영어로 쓴 원본 원고는 찾을 수 없고 이 서문은 우크라이나어 번역문을 영어로 다시 번역한 것이다. 이하 모든 주는 옮긴이의 주이다.

평범한 중산층에 속했다. 나는 영국 사립학교들 가운데 학비가 가장 비싸고 속물적인 이튼 스쿨에 다녔다. 그리고 거기서 장학금을 받아 그런대로 편안히 학창 시절을 보낼 수 있었다. 내가 장학금을 받지 못했더라면 아버지는 이런 학교에 나를 보낼 엄두도 내지 못했을 것이다.

이튼 스쿨을 졸업한 직후(졸업할 당시 나는 완전히 스무 살이 되지 않았다) 나는 버마[2]로 가 〈인도 제국주의 경찰〉이 되었다. 당시 〈인도 제국주의 경찰〉은 스페인의 경찰대나 프랑스의 기동 헌병대와 흡사한, 일종의 헌병대인 무장 경찰이었다. 나는 5년 동안 그런 일을 했다. 비록 그 당시 버마에는 민족주의 감정이 뚜렷이 일고 있지도 않고 영국인들과 버마인들 사이의 관계도 특별히 나쁘지 않았지만, 그 직업은 나에게 맞지 않았고 나로 하여금 제국주의를 증오하게 만들었다. 그리하여 나는 1927년에 휴가를 얻어 영국으로 건너와서는 미련 없이 경찰직을 그만두고 성공할 보장도 없는 작가가 되기로 마음먹었다. 그리고 1928년과 1929년 사이에 파리에 살면서 단편 이야기와 소설들을 썼지만 아무도 그것들을 출판해 주려 하지 않았다(그때 쓴 원고는 몽땅 불살라 버렸다). 그다음 여러 해 동안 나는 입에 풀칠만 할 정도로 가난에 허덕였다. 1934년에 이르러서야 겨우 글

---

[2] 미얀마의 옛 이름.

을 써서 먹고살 수 있었다. 그 시절 나는 여러 달씩 빈민가에서 하층민들이나 범죄자 비슷한 사람들과 어울려 지냈고, 거리로 나가 남의 물건을 훔치고 구걸하며 생활하기도 했다. 당시 나는 돈이 없어서 그들과 어울려 생활했지만, 나중에는 그들의 생활 방식 자체에 깊은 관심을 가지게 되었다. 그리하여 영국의 북부 지방에 몇 개월씩 머물며 광부들의 생활 환경을 조사하기도 했다. 1930년까지만 해도 나는 대체로 나 자신을 사회주의자로는 여기지 않았다. 사실 그때까지 나는 정치적 입장을 아직 뚜렷이 정하지 못한 상태였다. 내가 친(親)사회주의자가 된 것은 이론적으로 계획 사회에 찬동해서가 아니라 가난한 산업 노동자들이 억압받고 무시당하는 것이 싫었기 때문이다.

나는 1936년에 결혼을 했다. 결혼한 그 주에 스페인에서 전쟁이 터졌다. 아내와 나는 스페인으로 가서 스페인 정부를 위해 싸우고 싶었다. 6개월 후, 내가 쓰고 있던 책이 마무리되자마자 우리는 스페인으로 갈 준비를 했다. 스페인의 아라곤 전선에서 6개월을 보내고 있을 무렵, 나는 어느 파시스트 저격병이 쏜 총에 맞아 목에 심한 관통상을 입었다.

전쟁 초반에 외국인들은 대체로 스페인 정부군을 지지하는 다양한 정치 집단들 사이에 내부 갈등이 벌어지고 있다는 사실을 알아차리지 못했다. 나는 이런저런 이유 때문에 대부분 외국인들로 구성된 국제 여단에 소속하지 않고 스페인 트로츠키주의자들이 만든 마르크스주의 통일노동자당Partido Obrero de Unificación Marxista에 가입하여 활동하고 있었다.

그리하여 1937년 중반 공산주의자들이 스페인 정부를 (정치적으로) 조종해 트로츠키주의자들을 색출하기 시작했을 때 아내와 나도 당국에 체포되어 희생되리라는 사실을 직감했다. 다행히 우리는 붙잡히지 않고 스페인을 무사히 탈출할 수 있었다. 당시 많은 친구들이 사살되었고 오랫동안 감옥에 감금되거나 소리 없이 사라졌다.

스페인에서의 이러한 인간 사냥은 소련에서의 대숙청[3]과 거의 같은 시기에 자행되었고 그것의 연장선이었다. 러시아와 스페인에서 자행된 그러한 고발들(죄목은 프랑코 일당과의 공모였다)은 같았지만 그곳(스페인)에서만큼은 분명히 불법이었다. 이러한 모든 경험들은 나에게 실로 값진 현장 교육이었다. 나는 이 값진 체험들을 통해 〈전체주의〉 선전이 민주주의 국가에 살고 있는 문명인들의 의견을 얼마나 손쉽게 통제할 수 있는지를

---

3 1936년 제1차 모스크바 재판부터 1938년 제3차 모스크바 재판에 이르기까지 스탈린이 자행한 반(反)혁명 재판을 가리킨다. 원래 〈숙청〉이란 당원으로서 적합하지 않은 인물을 당에서 제명하는 일을 뜻하지만, 서방 국가들은 스탈린의 대숙청을 〈테러〉로 규정하고 있다.

깨닫게 되었다.

아내와 나는 죄 없는 사람들이 단지 신조가 다르고 의심스럽다는 이유로 투옥되는 광경을 지켜보았다. 그러나 영국으로 돌아올 무렵 우리는 의식 있고 나름대로는 정확한 소식을 접한다고 생각하는 수많은 사람들이 모스크바 재판[4]에 대해 언론이 보도하는 공모, 반역, 사보타주와 같은 터무니없는 이야기를 액면 그대로 믿고 있다는 사실을 알았다.

그래서 나는 소련의 신화가 서구 사회주의 운동에 미치는 부정적인 영향을 과거 어느 때보다 더 분명히 깨닫게 되었다.

그리고 이제 소련 정권에 대한 나의 태도를 밝히겠다. 나는 소련을 방문해 본 적도 없고 소련에 대한 나의 지식도 기껏해야 책과 신문을 통해 얻은 것이 고작이다. 설령 내게 힘이 있다 해도 나는 소련의 국내 문제에 간섭하지도, 야만적이고 비민주적 행위를 했다고 해서 스탈린과 그의 추종자들을 비난하지도 않을 것이다. 아무리 좋은 의도를 가지고 있더라도 그들은 그곳을 지배하는 여러 가지 상황에서 분명 달리 행동할 수 없었을 것이다.

그러나 다른 한편으로 서유럽 사람들은 소비에트 정

---

4 1936년 스탈린의 대숙청 재판을 가리킴.

권의 실체를 있는 그대로 직시해야 한다. 1930년 이후 나는 소련이 진정한 사회주의라고 부를 만한 쪽으로 발전하고 있다는 증거는 하나도 발견하지 못했다. 오히려 지배자들이 어떤 권력층보다도 더 확고한 권력을 행사할 수 있는 계급 사회로 변모하는 분명한 조짐을 보았다. 더구나 영국과 같은 나라의 노동자와 지식인 계급은 오늘날 소련이 1917년의 상황과 너무나 다르다는 사실을 알지 못한다. 그 이유는 부분적으로 그들이 소련의 실체를 알고 싶어 하지 않는 데도 있고(그들은 어딘가에 진정한 사회주의 국가가 실제로 존재한다고 막연히 믿고 싶어 한다), 또 부분적으로는 공적 생활에서 상대적인 자유와 편안함에 익숙해져 있어 〈전체주의〉가 무엇인지 완전히 이해할 수 없다는 데 있기도 하다.

그러나 영국이란 나라도 완전히 민주적이지 않다는 사실을 기억해야 한다. 영국은 또한 커다란 계급적 차별이 있고 (모든 사람들을 평등하게 만드는 경향이 있는, 전쟁이 끝난 오늘날조차도) 부의 분배가 잘 이루어지지 않는 자본주의 국가이다. 그럼에도 불구하고 영국은 수백 년 동안 내전이 없었고, 법률이 상대적으로 공정하고 공식적으로 발표되는 소식들과 통계 자료들이 믿을 만하고, 사람들이 소수 의견을 내거나 그것을 지지해도 치명적 위험에 처하지 않는 국가이다. 그런 분위기 속에서 대중들은 포로수용소, 강제 추방, 재판 없는 투옥, 언론

검열 등을 진정으로 이해하지 못한다. 소련과 같은 국가에 대해 대중이 읽을 수 있는 모든 것들은 자동적으로 영국의 관점으로 해석되어 그들은 〈전체주의〉 선전의 거짓말을 순진하게 다 받아들인다. 1939년까지 대다수의 영국 사람들은 독일 나치 정권의 실체를 제대로 평가할 수 없었고 오늘날의 소비에트 정권에 대해서도 여전히 과거와 똑같은 환상에 사로잡혀 있다.

이것은 영국 사회주의 운동에 커다란 악영향을 끼치며 영국의 해외 정책에도 심각한 결과를 초래하고 있다. 내가 생각하기에 사실, 러시아는 사회주의 국가이며 지도자들의 모든 행동은 우리가 그것을 모방하지만 않는다면 용서될 수 있다는 믿음만큼 사회주의의 근본 이념을 타락시키는 것도 없다.

그래서 나는 과거 10년 동안, 만약 우리가 사회주의 운동의 부활을 원한다면 소비에트 신화는 반드시 파괴해야 한다고 확신해 왔다.

스페인에서 돌아온 나는 모든 사람들이 쉽게 이해할 수 있고 다른 언어로도 쉽게 번역될 수 있는 이야기로 소비에트 신화를 한번 폭로해 보아야겠다고 생각했다. 하지만 구체적인 내용은 상당 기간 동안 머릿속에 떠오르지 않았다. 그런데 어느 날 (당시 나는 조그만 시골 마을에 살고 있었다) 나는 열 살 정도 되어 보이는 어느 꼬마가 커다란 달구지 말을 몰고 좁은 골목길을 빠져나가는 것을 보았다. 꼬마는 굽은 길을 돌 때마다 말에게 채찍질을 하고 있었다. 그 모습을 보고, 만약 저런 동물들이 자기들의 힘을 인식한다면 우리 인간들은 저들을 마음대로 부려먹을 수 없을 것이며, 또한 인간들이 동물들을 부려먹는 것은 부자들이 노동자 계급을 착취하는 것과 다르지 않다는 생각이 불현듯 들었다.

나는 마르크스의 이론을 동물들의 관점에서 분석하기 시작했다. 인간들은 동물들을 착취할 필요가 있을 때마다 단결하기 때문에 인간들 사이의 계급 투쟁의 개념은 분명히 동물들에게는 전적으로 환상에 불과했다. 이러한 출발점에서 동물 이야기를 풀어 나간다는 것은 어렵지 않았다. 당시 나는 다른 작품을 쓰고 있었기 때문에 시간적 여유가 없어 1943년까지는 이 동물 소설을 마무리할 수 없었다. 결국 나는 동물 소설을 쓰던 중에 일어난 테헤란 회담[5]과 같은 일련의 사건들을 소설에 집어넣어야 했다. 그래서 동물 소설의 윤곽은 내가 본격적으로 쓰기 전까지 6년 동안 내 머릿속에만 들어 있었다.

이 소설에 대해서는 언급하고 싶지 않다. 만약 소설 자체로 말할 수 없다면 이것은 실패한 작품이다. 그러나 여기서 두 가지만은 분명히 해야겠다. 첫째, 비록 다양한

---

5 제2차 세계 대전 기간인 1943년 11월 28일에 미국의 루스벨트, 영국의 처칠, 소련의 스탈린이 이란의 수도 테헤란에 모여 3국의 협력과 전쟁 수행 의지를 표명한 회담.

에피소드들이 러시아 혁명의 실제 역사에서 따온 것이지만, 이 소설에서는 도식적으로 다루어져 있으며 연대순도 바뀌어 있다. 이야기의 균형을 맞추기 위해서는 불가피한 것이었다. 둘째, 내가 충분히 강조하지 않아서 대부분의 비평가들이 간과하고 있는 것이기도 하다. 많은 독자들은 이 소설이 돼지들과 인간들이 서로 완벽한 화해를 하는 것으로 끝난다는 인상을 받을 수도 있다. 이것은 나의 의도가 아니다. 오히려 나는 돼지들과 인간들이 서로 의견이 맞지 않아 언성을 높이며 입씨름하는 것으로 이 소설의 결말을 계획했다. 모든 사람들이 테헤란 회담이 소련과 서구 세계 사이의 최선의 관계를 이끌어 냈다고 생각하던 직후에 이 소설을 썼기 때문이다. 나는 개인적으로 소련과 서구 세계 사이에서 좋은 관계가 오래 지속되리라고는 믿지 않았다. 그리고 여러 사건들이 증명해 보여 주듯이 내 생각은 크게 틀리지 않았다.

1

 매너[1] 농장의 존스 씨는 그날 저녁 닭장 문은 자물쇠로 채웠지만 너무 술에 취한 탓에 작은 구멍 닫는 것은 잊어버렸다. 그는 마당을 가로질러 비틀비틀 걸어갔는데 손에 들린 등불의 둥그런 불빛도 그의 비틀거리는 발걸음에 따라 이리저리 춤을 추었다. 그는 집 뒷문으로 들어가 장화를 휙 벗어던지고 주방으로 가더니 술통에서 맥주를 따라 마지막으로 한 잔 쭉 들이켠 다음 2층 침실로 올라갔다. 존스 부인은 벌써 코를 골며 자고 있었다.

 침실의 불이 꺼지자마자 농장 건물 전체에서 웅성거리는 소리, 날개 퍼덕거리는 소리가 나기 시작했다. 미들화이트 상을 받은 수퇘지 메이저 영감이 간밤에 이상한 꿈을 꾸었는데, 그 꿈 이야기를 다른 동물들에게 들려주

---

[1] Manor. 봉건 사회의 경제적 단위를 이루는 영주의 토지 소유 형태인 영국의 장원(莊園)을 가리키는 상징적인 이름.

고 싶다는 전언이 그날 낮에 돌았기 때문이다. 그들은 존스 씨가 잠자리에 들자마자 큰 창고에 모두 모이기로 약속이 되어 있었다. 메이저 영감(그는 돼지 품평회에 윌링던 뷰티라는 이름으로 나갔지만 지금은 대개 이 이름으로 불렸다)은 농장에서 큰 존경을 받는 터라 동물들은 모두 한 시간 잠을 덜 자더라도 그의 이야기를 들으려고 마음먹고 있었다.

큰 창고의 한구석, 대들보에 등이 매달려 있고 그 아래 놓인 일종의 높다란 단상 위에는 이미 메이저가 짚방석을 깔고 앉아 있었다. 그는 열두 살로 최근에 살이 찌고 송곳니를 한 번도 자르지 않았지만, 여전히 현명하고 인자한 용모에 근엄한 표정을 하고 있었다. 곧 다른 동물들도 모이기 시작해 각기 나름의 편안한 자세로 자리를 잡았다. 먼저 블루벨, 제시, 핀처라는 개 세 마리가 들어왔고, 그다음에 돼지들이 들어와 단상 바로 앞의 짚 더미에 자리를 잡았다. 암탉들은 창턱에 자리를 차지했고, 비둘기들은 서까래 쪽으로 날개를 퍼덕거리며 날아갔고, 양들과 암소들은 돼지 뒤쪽에 누워 되새김질을 하기 시작했다. 쌍두마차를 끄는 복서와 클로버는 혹시나 작은 동물이 짚 더미에 가려 보이지 않을 수 있으므로 털투성이의 커다란 발굽을 조심스럽게 옮기며 함께 들어왔다. 클로버는 중년을 바라보는 마음씨가 곱고 뚱뚱한 어미말로 네 번째 새끼를 낳은 후부터는 예전의 몸매로 돌아가지 못했다. 복서는 키가 무려 180센티미터에 육박하는 거대한 말로 보통 말 두 마리를 합친 힘을 가지고 있었다. 그는 코 밑에 난 하얀 줄무늬로 좀 우둔한 인상을 풍겼고 솔직히 머리도 썩 좋은 편은 아니었다. 그러나 그는 착실한 성격과 엄청난 힘 때문에 모든 동물들로부터 존경을 받고 있었다. 그들의 뒤를 이어 흰 염소 뮤리엘과 당나귀 벤저민이 들어왔다. 벤저민은 이 농장에서 나이가 제일 많았고 성미도 제일 고약했다. 그는 말이 별로 없는 편인데, 어쩌다 입이라도 열게 되면 냉소적인 말만 지껄였다. 예를 들어 하느님은 자기에게 파리를 쫓으라고 꼬리를 주었지만 자기는 차라리 꼬리도 파리도 없었으면 좋겠다고 말하곤 했다. 이 농장의 동물들 가운데 그만 유독 웃지 않았다. 왜 웃지 않느냐는 질문을 받으면 웃을 만한 일이 없다고 대답할 뿐이었다. 그래도 겉으로 밝히지는 않지만 그는 복서를 존경하고 있었다. 일요일이면 그들은 과수원 너머 조그만 목장에서 말없이 나란히 풀을 뜯으며 시간을 보내곤 했다.

복서와 클로버가 막 자리를 잡자 어미를 잃은 새끼 오리들이 떼를 지어 창고 안으로 들어오더니 꽥꽥 울며 짓밟히지 않을 만한 장소를 찾아 우왕좌왕 돌아다녔다. 클로버가 커다란 앞다리로 그들 주위에 벽 같은 것을 쳐주자 새끼 오리들은 그 안에 기분 좋게 누워 이내 잠이 들었다. 바로 그때 존스 씨의 이륜마차를 끄는, 어리석지만 예쁘장하게 생긴 흰 암말 몰리가 설탕 한 덩어리를 씹으며 우아하게 들어왔다. 그녀는 앞쪽에 자리를 잡고 흰 갈기를 흔들며 거기에 묶여 있는 붉은 리본들을 자랑하려 했다. 맨 마지막으로 고양이가 들어와 평소와 다름없이 따뜻한 장소를 찾기 위해 주위를 한 번 휙 둘러보고는, 결국 복서와 클로버 사이로 비집고 들어갔다. 거기서 그녀는 메이저가 하는 말은 한마디도 듣지 않고 연설하는 동안 내내 기분이 좋은 듯 목을 가르랑거렸다.

이제 뒷문 뒤 횃대에서 잠자고 있는 길든 까마귀를 제외한 모든 동물들이 모임에 참석했다. 메이저는 그들이 모두 편안한 자세로 앉아 조용히 기다리는 것을 보고 헛기침을 한 뒤 다음과 같이 말하기 시작했다.

「동지 여러분, 여러분은 내가 간밤에 이상한 꿈을 꾸었다는 얘기를 이미 들어 알고 있을 줄 압니다. 그러나 그 꿈 이야기는 다음에 하기로 하고 먼저 다른 이야기부터 하겠습니다. 동지 여러분, 나는 앞으로 여러분과 함께 길어야 몇 달밖에 지내지 못할 것 같습니다. 그래서 죽기 전에 내가 익힌 지혜를 여러분에게 전해 주어야겠다는 의무감을 느꼈습니다. 나는 오래 살았고, 우리에 혼자 있을 때 생각하는 시간이 많았습니다. 그래서 지금은 이 지구상에 살아 있는 어떤 동물 못지않게 삶의 본질을 이해한다고 말해도 좋을 듯싶습니다. 내가 여러분에게 말하고 싶은 것도 바로 그 점입니다.

자, 동지 여러분, 우리 생활의 현실은 어떻습니까? 이 문제를 직시해 진지하게 생각해 봅시다. 우리의 생활이란 비참하고 고생스럽고 수명은 짧습니다. 우리는 태어나서 겨우 입에 풀칠할 만큼의 먹이만 받아먹고, 우리 중 능력 있는 자들은 마지막 힘이 다할 때까지 일하도록 강요받습니다. 그리고 쓸모없게 되는 순간 처참하게 살육되어 죽음을 맞고 맙니다. 영국에 살고 있는 동물들은 모두 태어나서 1년만 지나면 행복이나 여가의 의미를 모르게 됩니다. 영국에 사는 동물들은 자유가 없습니다. 동물들의 생활은 노예처럼 비참합니다. 그건 명백한 사실입니다.

하지만 이것이 단지 자연의 섭리일까요? 아니면 우리 나라가 너무 가난해 이 나라에 살고 있는 사람들에게 여유로운 생활을 제공할 수 없기 때문일까요? 아닙니다, 동지 여러분, 절대 그렇지 않습니다. 영국은 땅이 기름지고 기후가 온화해 현재 영국에 살고 있는 동물들보다 훨씬 많은 수의 동물들을 배불리 먹이고도 남습니다. 우리 농장의 경우에도 열두 마리의 말과 스무 마리의 암소와 수백 마리의 양을 먹여 살릴 수 있으며, 현재 우리 모두가 상상할 수 없을 정도로 안락하고 품위 있는 생활을 할 수 있습니다. 그런데 왜 우리는 이처럼 비참한 상태를 여전히 면치 못하고 있습니까? 그것은 우리의 노동으로 생산한 거의 모든 것들을 인간들이 다 빼앗아 가기 때문입니다. 동지 여러분, 우리가 안고 있는 모든 문제에 대한 해답이 있습니다. 그것은 단 한마디로 요약될 수 있습니다. 바로 인간입니다. 인간은 우리의 유일한 적입니다. 인간을 여기서 몰아냅시다. 그러면 배고픔과 과로의 근원이 영원히 사라질 것입니다.

인간은 생산은 하지 않고 소비만 하는 유일한 동물입니다. 그들은 젖도 만들지 못하고 알도 낳지 못합니다. 그들은 몸이 너무 약해 쟁기도 못 끌고, 토끼를 잡을 만큼 빨리 달리지도 못합니다. 그러나 그들은 모든 동물의 왕입니다. 그들은 동물들을 부려먹고 겨우 굶어 죽지 않을 정도의 식량만 동물들에게 돌려줍니다. 그리고 나머지는 몽땅 자기들이 차지합니다. 우리는 힘겹게 땅을 갈고 분뇨로 땅을 비옥하게 하지만 정작 우리에게는 벌거벗은 가죽을 빼고 남아 있는 것이라고는 하나도 없습니다. 내 앞에 계신 암소 여러분, 여러분이 이번 1년 동안 생산한 우유가 도대체 몇천 리터입니까? 그런데 송아지를 튼튼하게 기르는 데 쓰여야 할 그 우유가 다 어디로 갔습니까? 한 방울도 남기지 않고 모조리 우리 적들의 목구멍으로 들어갔습니다. 그리고 암탉 여러분, 여러분은 1년 동안 얼마나 많은 알을 낳았으며 그중 부화하여 병아리가 된 것은 과연 몇 개나 됩니까? 나머지는 모두 시장에 팔려가 존스와 그 일당에게 돈을 벌어 주었습니다. 그리고 클로버, 당신이 낳은 망아지 네 마리는 지금 어디에 있습니까? 당신이 나이가 들면 의지할 수 있고 즐거움이 될 수 있을 텐데 말입니다. 그들은 한 살이 되자 모두 팔려갔습니다. 당신은 두 번 다시 그들을 보지 못할 것입니다. 네 번이나 새끼를 낳았고 들에서 뼈 빠지게 일한 대가로 당신이 받은 것은 마구간에서 굶어 죽지 않을 만큼의 먹이 외에 대체 무엇이란 말입니까?

그리고 우리는 이 비참한 생활이라도 누리며 천수(天壽)를 다할 수 없습니다. 내 경우를 말하면, 나는 대체로 운이 좋아 불만은 없습니다. 나는 열두 살이고 자식들도 4백 마리가 넘습니다. 이것이 돼지의 본래 삶입니다. 그러나 어떤 동물도 결국에 가서는 잔인한 칼을 피할 수 없습니다. 내 앞에 앉아 있는 젊은 식용 돼지 여러분, 여러분도 모두 1년 안에 도살대에서 비명을 지르며 목숨을 잃을 것입니다. 우리 모두 그런 끔찍한 최후를 맞이할 것입니다. 암소와 돼지와 암탉과 양 모두가 말입니다. 말이나 개라고 해서 더 나은 운명을 가진 것은 아닙니다. 복서, 당신도 그 엄청난 근육이 힘을 잃게 되는 순간, 존스가 폐마 도축 업자에게 팔아넘길 것이고, 그는 당신의 목을 잘라 삶아서 사냥개의 먹이로 쓸 것입니다. 개도 나이가 들어 이빨이 빠지면 존스가 목에 벽돌을 매달아 가까운 연못에 빠뜨려 죽일 것입니다.

동지 여러분, 그렇다면 우리 삶의 모든 불행이 인간의 폭정에서 비롯되었다는 것은 자명한 사실 아닙니까? 인간들을 몰아냅시다. 그러면 우리 노동의 산물은 몽땅 우리 것이 됩니다. 하룻밤 사이에 우리는 부유해지고 자유로워질 수 있습니다. 그럼 우리는 어떻게 해야 할까요? 그렇지요, 밤낮으로 몸과 마음을 다 바쳐 인간들을 멸망시키는 길밖에 없습니다. 동지 여러분, 이것이 내가 여러분에게 전하려고 하는 메시지입니다. 반란! 반란이 언제 일어날지 모릅니다. 1주일 뒤가 될 수도 있고, 1백 년 후가 될 수도 있지만 곧 정의가 실현된다는 사실은 내 발밑의 짚을 보는 것만큼이나 분명히 알고 있습니다. 동지 여러분, 남아 있는 짧은 생애 동안이라도 그쪽으로 눈을 돌려 봅시다! 그리고 무엇보다 나의 메시지를 다음 세대 동물들에게 전해서 그 세대가 계속 투쟁하여 승리하도록 해줍시다.

그리고 동지들, 여러분의 결심은 결코 흔들려서는 안 됩니다. 어떤 유혹에도 흔들려서는 안 됩니다. 인간과 동물은 공통의 이해관계를 가지고 있다느니, 한쪽의 번영이 다른 쪽의 번영이라고 말할 때 절대로 귀를 기울여서는 안 됩니다. 인간은 자신들을 제외하고는 어떠한 생물체를 위해서도 일하지 않습니다. 그러니 우리 동물들은 일치단결해서 완벽한 동료애를 발휘해 투쟁하도록 합시다. 인간들은 모두 적입니다. 그리고 모든 동물들은 동지입니다.」

바로 이때 시끄러운 소동이 일어났다. 메이저가 연설

을 하고 있는데, 커다란 쥐 네 마리가 구멍에서 기어 나와 앞발을 들고 곧추앉아 그의 말을 귀담아듣고 있었다. 그런데 개들에게 들키자마자 그들은 쏜살같이 구멍으로 들어가 목숨을 건질 수 있었다. 메이저는 앞발을 들어 조용히 시키며 말했다. 「동지 여러분. 여기서 정해야 할 문제가 한 가지 있습니다. 쥐와 토끼 같은 들짐승들은 우리의 동지입니까, 적입니까? 투표에 부쳐 결정합시다. 나는 이 문제를 회의에 상정합니다. 쥐는 동지입니까?」

즉시 투표가 진행되었다. 쥐는 압도적 다수의 표를 얻어 동지로 결정되었다. 반대표는 단 네 표밖에 없었는데 개 세 마리와 고양이 한 마리였다. 고양이는 양쪽 모두에 투표한 것이 나중에 밝혀졌다. 메이저가 말을 계속했다. 「이제 더 이상 할 말이 없습니다. 다만 다시 한 번 말하건대, 인간과 인간의 모든 방식에 적개심을 갖는 게 여러분의 의무라는 사실을 항상 기억하십시오. 두 다리로 걷는 자는 모두 적이고, 네 다리나 날개를 가진 자는 모두 친구입니다. 그리고 인간과 싸울 때 그들을 닮아서는 안 된다는 사실을 또한 명심하기 바랍니다. 여러분이 인간을 정복할 때에도 그들의 악습을 배워서는 안 됩니다. 어떤 동물도 집에서 살거나 침대에서 자거나 옷을 입거나 술을 마시거나 담배를 피우거나 돈을 만지거나 장사를 해서는 안 됩니다. 인간의 습관은 모두 나쁜 것입니다. 그리고 무엇보다 어떤 동물이든 서로를 탄압해서는 절대 안 됩니다. 약하든 강하든, 현명하든 우둔하든 우리는 모두 형제들입니다. 어떤 동물도 다른 동물을 죽여서는 안 됩니다. 모든 동물은 평등합니다.

동지 여러분, 이제 간밤에 꾼 나의 꿈 이야기를 하겠습니다. 여러분에게 자세히 들려줄 수는 없습니다만, 그것은 인간이 사라진 다음의 지상 세계에 대한 꿈이었습니다. 그러나 그 꿈은 내가 오랫동안 잊고 있던 것을 상기시켜 주었습니다. 오래 전 내가 새끼 돼지였을 때, 내 어머니와 다른 암돼지들은 옛 노래 한 곡을 부르곤 했는데 그들이 아는 건 겨우 곡조와 첫 세 마디의 가사뿐이었습니다. 아주 어렸을 때는 그 곡을 알았지만 그것은 이미 오래전에 내 기억에서 사라졌습니다. 그런데 지난밤 꿈속에서 곡조가 떠올랐습니다. 그리고 더 중요한 것은 그 노래의 가사까지도 기억해 냈다는 사실입니다. 그 가사는 분명 오래전에 동물들이 불렀는데 수세대를 내려오면서 잊혀 버렸을 것입니다. 동지 여러분, 이제 내가 그 노래를 부르도록 하겠습니다. 나는 늙고 목도 쉬었지만, 곡조를 여러분에게 가르쳐 주고 나면 여러분 스스로 그 노래를 더 잘 부르게 될 것입니다. 그 노래의 제목은 〈영국의 짐승들〉입니다.」

메이저 영감은 헛기침을 하고 노래를 부르기 시작했다. 그의 말대로 목소리는 쉬었지만 그는 노래를 꽤 잘 불렀으며, 그 노래는 「클레멘타인」[2]과 「라 쿠카라차」[3] 중간 정도의 감동적인 곡이었다. 가사는 다음과 같았다.

영국의 짐승들아, 아일랜드의 짐승들아,
모든 지역과 모든 나라의 짐승들아,
즐거운 나의 소식에 귀를 기울여라
장차 다가올 황금시대에 대해.

머지않아 그날이 오리라,
폭군 인간이 전복당하고,
영국의 비옥한 들판에서
짐승들만이 활보하리라.

코뚜레가 우리 코에서 사라지고,
멍에가 우리 등에서 사라지고,
재갈과 박차가 영원히 녹슬고,
가혹한 채찍들도 더 이상 휘둘러지지 않으리라.

---

2 Clementine. 1849년 금광을 찾아 미 서부의 캘리포니아로 몰려왔던 사람들이 만든 노래. 열악한 생활 환경과 가혹한 노동에 시달리던 그들은 이 노래를 부르며 마음을 달랬다.

3 La Cucaracha. 20세기 초 멕시코 혁명을 이끌었던 판초 비야 Pancho Villa와 농민군을 기리며 만든 혁명 가요. 원주민들의 비참한 생활상이 잘 묘사되어 있다. 〈라 쿠카라차〉는 스페인어로 바퀴벌레라는 뜻임.

상상할 수조차 없는 많은 재산,
밀과 보리, 귀리와 건초,
토끼풀과 콩과 사탕무는
그날이 오면 우리 것이 되리라.

영국의 들판은 밝게 빛나고,
강물은 더 맑게 흐르고,
미풍은 더욱 달콤하게 불어오리라,
우리가 자유로워지는 그날에는.

그날을 위해 우리는 모두 일해야 하느니,
비록 그날을 못 보고 죽더라도.
암소도 말도 거위도 칠면조도,
모두 자유를 위해 열심히 일해야 하느니.

영국의 짐승들아, 아일랜드의 짐승들아,
모든 지역과 모든 나라의 짐승들아,
내 말에 귀를 기울이고 전하라.
장차 다가올 황금시대에 대해.

 이 노래를 부르자 동물들은 흥분의 도가니에 빠졌다. 메이저가 미처 다 끝내기도 전에 그들 스스로 노래를 부르기 시작했다. 가장 우둔한 동물들조차도 이미 곡조와 가사 몇 마디를 주워들어 익혔고 돼지나 개와 같은 영리한 동물들은 몇 분 안에 노래 전체를 외웠다. 그러고 나서 몇 번 연습을 한 뒤 농장 전체가 떠나갈 듯 우렁차게 「영국의 짐승들」을 불렀다. 암소는 음매, 개는 멍멍, 양은 매매, 말은 히힝, 오리는 꽥꽥 하며 노래를 불렀다. 그들은 이 노래가 너무 흥겨워 연달아 다섯 번이나 불러 댔으며 방해만 없었다면 밤새도록 불렀을 것이다.

불행하게도 소란스러운 노랫소리에 잠이 깬 존스 씨가 마당에 여우가 들어왔다고 생각하고 침대에서 벌떡 일어났다. 그는 침실 구석에 늘 세워져 있는 총을 들더니 어둠 속을 향해 총알 여섯 발을 쏘았다. 총알은 창고 벽에 박혔고 동물들의 모임은 부랴부랴 끝이 났다. 동물들은 각자 자기 잠자리로 도망쳤다. 새들은 횃대로 날아가고 동물들은 짚 더미 속으로 들어가 다리를 뻗었다. 온 농장은 일순간 잠에 빠져 들었다.

2

 그 일이 있은 지 사흘 만에 메이저 영감은 잠을 자다가 편안히 세상을 떠났다. 그의 시체는 과수원 기슭에 묻혔다.
 그것은 3월 초순의 일이었다. 그 뒤 3개월 동안 많은 활동들이 비밀리에 진행되었다. 메이저의 연설은 농장에서 똑똑한 동물들에게 완전히 새로운 삶의 가치관을 심어 주었다. 그들은 메이저가 예언한 반란이 언제 일어날지 몰랐고, 또 자신들이 살아 있는 동안에 일어날 것이라고는 생각조차 못했다. 그러나 그것을 준비하는 것이 자신들의 의무라는 사실만은 분명히 알고 있었다. 다른 동물들을 가르치고 조직하는 일은 당연히 농장에서 가장 총명하다고 알려진 돼지들의 임무가 되어 버렸다. 돼지들 중에서도 존스 씨가 팔아먹기 위해 기르고 있던 두 마리의 어린 수퇘지 스노볼과 나폴레옹이 가장 탁월했다. 나폴레옹은 덩치가 크고 꽤 사납게 생긴, 이 농장에서 유일한 버크셔종 수퇘지로 말수는 적지만 하고 싶은 것은 반드시 해내고야 마는, 강한 의지의 소유자라는 평판을 얻고 있었다. 스노볼은 나폴레옹보다 활발하고 언변도 더 뛰어나고 더 창의적이지만 속은 덜 깊다는 평을 들었다. 농장에 있는 다른 수퇘지들은 전부 다 식용 돼지였다. 이들 가운데 가장 유명한 자는 스퀼러라는 덩치가 작고 살이 찐 돼지였다. 그의 볼은 둥글둥글하고 눈은 번쩍거리고 움직임은 민첩하고 목소리는 날카로웠다. 그리고 언변이 뛰어나고 어려운 문제를 토론할 때면 꼬리를 흔들며 이리저리 뛰어다니는 버릇이 있었는데, 아무튼 그것은 꽤 설득력이 있어 보였다. 다른 동물들은 스퀼러가 검은색을 흰색으로 바꿀 수 있는 능력도 가졌다고 이야기했다.

스노볼, 나폴레옹, 스퀼러, 이 세 마리의 돼지들은 메이저의 가르침을 완전한 사상 체계로 정립해서 여기에 〈동물주의〉라는 명칭을 붙였다. 1주일에 몇 번씩 그들은 존스 씨가 잠든 후에 창고에서 비밀회의를 열고 동물주의의 원칙을 다른 동물들에게 설파했다. 처음에 동물들은 우둔해서 뭐가 뭔지 잘 몰랐고 관심도 별로 없었다. 어떤 동물들은 자신들이 〈주인〉으로 생각하는 존스 씨에 대한 충성의 의무를 드러내기도 하고, 〈존스 씨가 우리를 먹여 살리고 있어요. 만약 그분이 없어진다면 우리는 굶어 죽을 거예요〉 같은 단순한 말을 지껄이기도 했다. 또 다른 동물들은 〈우리가 죽은 뒤에 일어날 일을 왜 우리가 걱정해야 합니까?〉라든가 〈이 반란이 어차피 일어나게 되어 있다면, 우리가 노력하든 안 하든 무슨 상관이 있나요?〉라고 반문하기도 했다. 그래서 돼지들은 그들에게 그런 생각이 동물주의 정신에 위배되는 것임을 알려 주는 데 무척 애를 먹었다. 무엇보다 몰리가 가장 멍청한 질문을 했다. 몰리가 스노볼한테 한 첫 번째 질문은 〈반란 후에도 설탕은 여전히 있을 테지요?〉라는 것이었다.

「없습니다.」 스노볼이 딱 잘라 대답했다. 「이 농장에는 설탕을 만드는 시설이 없습니다. 게다가 당신은 설탕이 필요 없습니다. 당신은 원하는 만큼 귀리와 건초를 먹을 수 있을 것입니다.」

「그러면 내 갈기에 리본은 계속 맬 수 있겠지요?」 몰리가 또 물었다.

스노볼이 말했다. 「동지, 당신이 그렇게 소중히 하는 그 리본들은 예속의 상징입니다. 자유가 리본보다 더 중요하다는 걸 이해하지 못하겠습니까?」

몰리는 스노볼의 말에 동의는 했지만 완전히 납득한 것은 아니었다.

돼지들은 길든 까마귀 모세가 퍼뜨린 거짓말을 반박하느라 한층 더 어려움을 겪었다. 존스 씨에게 특별히 귀여움을 받고 있던 모세는 스파이이자 고자쟁이였으며 또

한 영리한 연설자이기도 했다. 그는 동물들이 죽으면 모두〈얼음사탕 산〉이라는 신비스런 나라에 가게 된다고 주장했다. 그는 이 산이 하늘 높이, 구름 너머 저 멀리 어딘가에 있다고 말했다. 얼음사탕 산에서는 1주일에 7일이 일요일이고 토끼풀이 사시사철 무성하고 산울타리에선 각설탕과 아마인(亞麻仁) 깻묵이 자란다는 것이었다. 동물들은 모세가 일은 하지 않고 말만 지껄여 댄다며 그를 싫어했다. 그러나 얼음사탕 산을 믿는 동물들도 몇 있어서 돼지들은 그런 산은 없다고 논쟁을 벌이며 그들을 설득하느라 진땀을 흘려야 했다.

돼지들의 가장 충실한 제자들은 쌍두마차를 끄는 두 필의 말 복서와 클로버였다. 이들은 스스로 어떤 것을 생각해 내는 능력은 떨어지지만 일단 돼지들을 스승으로 받아들였으므로 그들이 말하는 것은 무엇이든지 따르고, 또 간단히 요약해서 다른 동물들에게 전달했다. 그들은 창고에서 열리는 비밀회의에 반드시 참석했으며, 회의가 끝날 때 항상 부르는 「영국의 짐승들」을 제일 먼저 불렀다.

이제 돌아가는 분위기로 보아 반란은 예상했던 것보다 훨씬 빨리, 훨씬 쉽게 일어날 것 같았다. 비록 모진 주인이기는 했지만 지난 수년 동안 존스 씨는 능력 있는 농장주였다. 그러나 그는 최근 들어 실의에 빠진 나날을 보냈다. 그는 어느 소송 사건에 휘말려 돈을 날린 후, 낙

담이 이만저만이 아니어서 건강을 해칠 정도로 술을 퍼마시기 시작했다. 그는 식당에 있는 등이 높은 의자에 느긋이 기대앉아 신문을 뒤적거리며 술을 마시거나 가끔 모세에게 맥주에 적신 빵 조각을 던져 주며 며칠을 보냈다. 그의 일꾼들은 게으르고 정직하지 않았으며, 들판에는 잡초가 무성하고, 건물 지붕에는 구멍이 났으며, 울타리는 방치되었고, 동물들은 제대로 먹지 못했다.

6월이 되어 건초용 풀을 벨 시기가 다가왔다. 성 요한 축일[4] 전날이 토요일이어서 존스 씨는 윌링던에 있는 레드 라이언 주막에 가서 술을 진탕 마시고는 일요일 오후가 되어서야 농장으로 돌아왔다. 일꾼들은 아침 일찍 소의 젖을 짜고 난 뒤 동물들에게 먹이를 주지 않고 토끼 사냥을 가버렸다. 존스 씨는 농장으로 돌아오자마자 거실 소파에 누워 「세계 뉴스」지로 얼굴을 덮은 채 곧바로 잠이 들었다. 그래서 저녁이 되어도 동물들은 먹이를 먹을 수가 없었다. 그들은 더 이상 참을 수가 없었다. 암소 한 마리가 뿔로 식량 창고 문을 부수고 들어가자 동물들은 모두 식량 저장통에서 먹이를 꺼내 먹기 시작했다. 그 순간 존스 씨가 깨어났다. 그와 네 명의 일꾼들이 손에 채찍을 들고 식량 창고로 들어와 사방으로 마구 휘둘러 댔다. 이런 짓은 배고픈 동물들에게 도저히 참을 수

---

4 세례자 요한이 탄생한 날(6월 24일)을 기리는 축일.

없는 것이었다. 사전에 아무것도 준비하지 않았지만 동물들은 마음을 맞춘 듯 일제히 학대자들을 향해 돌진했다. 존스와 일꾼들은 갑자기 사방에서 뿔에 받히고 발길질을 당했다. 사태는 걷잡을 수 없을 정도로 심각해졌다. 그들은 동물들의 이 같은 행동을 한 번도 본 적이 없었다. 그리고 마음대로 채찍질하고 학대를 일삼아도 고분고분하던 동물들이 갑자기 소동을 부리자 깜짝 놀라 정신을 잃을 지경이었다. 잠시 그들은 이리저리 방어해 보다가 결국 포기하고 도망치기 시작했다. 곧 그들 다섯 명은 큰 도로로 통하는 마찻길로 줄행랑을 쳤으며 동물들은 의기양양하게 그들을 쫓아갔다.

존스 부인은 침실 창문 밖을 내다보고 사태를 알아차린 뒤, 몇 가지 소지품을 구식 여행 가방에 되는대로 쑤셔 넣고 다른 길을 통해 농장을 허둥지둥 빠져나왔다. 모세는 횃대에서 뛰어내리더니 까옥까옥 큰 소리로 울며 부인의 뒤를 따라 날아갔다. 한편 동물들은 존스와 일꾼들을 큰길로 쫓아버리고 다섯 개의 가로대가 있는 대문을 쾅 하고 닫아 버렸다. 이렇게 해서 그들이 무슨 일이 벌어졌는지 미처 깨닫기도 전에 반란은 성공적으로 수행되었다. 존스는 추방되었고 매너 농장은 그들의 것이 되었다.

처음 얼마 동안 동물들은 자신들의 행운이 도저히 믿어지지 않았다. 그리하여 그들이 맨 처음 한 일은, 농장

어디에도 인간은 한 명도 없다는 사실을 확인이라도 하려는 듯 한데 모여 농장을 한 바퀴 돌아보는 것이었다. 그리고 나서 농장 건물로 뛰어와 가증스런 존스의 지배를 나타내는 모든 흔적들을 깡그리 없애려 했다. 외양간 끝 쪽에 있던 마구실(馬具室)은 부서져 열려 있었다. 재갈, 코뚜레, 개 사슬 그리고 존스가 돼지와 양을 거세할 때 사용하던 잔인한 칼 따위가 모조리 우물 속에 던져졌다. 고삐, 굴레, 말의 눈가리개, 치욕적인 여물 망태 등도 마당에서 타고 있는 불더미 위에 던져졌다. 채찍도 마찬가지였다. 동물들은 채찍이 불 속에서 타오르는 것을 보고 모두 기쁨에 들떠 뛰어다녔다. 스노볼은 장날이면 으레 말갈기와 꼬리에 달던 리본들도 불 속에 던졌다.

「리본은 인간의 표시인 옷으로 간주해야 합니다. 어떤 동물도 옷을 입어서는 안 됩니다.」 스노볼이 말했다.

복서는 스노볼의 말을 듣고 여름철에 귓가를 윙윙거리며 날아다니는 파리 떼를 쫓기 위해 썼던 조그만 밀짚 모자를 가져와 다른 것들과 함께 불 속에 던져 넣었다.

순식간에 동물들은 존스 씨를 생각나게 만드는 것들은 모두 없애 버렸다. 그런 뒤 나폴레옹은 그들을 식량 창고로 데리고 가 각자에게 지금까지 받았던 양보다 두 배나 많은 옥수수를 나누어 주었으며 개들에게는 각각 비스킷 두 개를 주었다. 그리고 그들은 「영국의 짐승들」을 처음부터 끝까지 연달아 일곱 번이나 부른 다음 잠자리에 들었고 전에는 결코 느껴 보지 못한 꿀맛 같은 잠을 잤다.

그들은 여느 때와 마찬가지로 새벽에 일어났지만, 어제 있었던 그 영광스런 일을 불현듯 기억하고는 모두 함께 목장으로 달려갔다. 목장을 조금 내려가면 농장 전체를 볼 수 있는 조그만 둔덕이 있었다. 동물들은 둔덕 꼭대기로 급히 올라가 맑은 아침 햇살을 받으며 주위를 빙 둘러보았다. 그랬다, 그것들은 그들의 것이었다. 눈에 보이는 모든 것들이 그들의 것이었다! 이런 황홀한 생각에 빠져 그들은 주위를 빙글빙글 돌았고 흥분한 나머지 공중으로 펄쩍펄쩍 뛰었다. 또 아침 이슬에 굴러 보기도 하고 달콤한 여름풀을 한입 가득 뜯어 먹기도 하고 검은 흙덩어리를 높이 쳐들어 그 풍요로운 냄새를 맡아 보기도 했다. 그런 다음 그들은 농장 전체를 돌아다니며 경작지, 건초용 풀밭, 과수원, 연못, 숲 등을 살펴보고 말할 수 없는 감격에 젖었다. 그들은 전에 이런 것들을 한 번도 보지 못한 것 같았으며, 심지어 지금도 이 모든 것들이 자신들의 소유라고는 도저히 믿기지가 않았다.

그리고 그들은 농장 건물들이 있는 곳으로 줄지어 돌아와 존스가 살았던 농장 본채 건물 앞에 조용히 멈추었다. 이 집도 그들의 것이었다. 그러나 안으로 들어가기가 겁이 났다. 얼마 후 스노볼과 나폴레옹이 어깨로 문을 들이받아 열자 동물들은 일렬로 들어가 물건들이 하나라도 망가질까 봐 무척 조심하면서 걸었다. 그들은 소곤소곤 이야기하면서 이 방 저 방을 조심스럽게 돌아다니며 믿을 수 없을 정도로 화려한 사치품들, 깃털 이불을 깔아 놓은 침대, 거울, 말총 소파, 브뤼셀 양탄자, 거실 벽난로 위에 걸린 빅토리아 여왕의 석판화 등을 경이에 찬 눈빛으로 바라보았다. 막 계단을 내려왔을 때 그들은 몰리가 보이지 않는다는 것을 알았다. 다시 돌아가 보니 몰리는 화려한 침실에 그대로 남아 있었다. 그녀는 존스 부인의 화장대에서 푸른 리본을 꺼내 어깨에 대고 바보스러운 모습으로 거울 앞에 서 있었다. 다른 동물들은 그녀를 심하게 나무라고 밖으로 나왔다. 식당에 매달려 있던 햄 덩어리는 즉시 끌어 내려져 땅속에 파묻혔고 부엌 싱크대에 있던 맥주통은 복서의 발굽에 차여 깨졌다. 집 안에 있는 그 밖의 물건들은 손을 대지 않고 그대로 두었다. 이 집은 박물관으로 보존하자는 의견이 즉석에서 만장일치로 통과되었다. 어떤 동물도 이 집에서 살아서는 안 된다는 의견에 모두 동의했다.

동물들이 아침 식사를 마치자 스노볼과 나폴레옹은 그들을 다시 불러 모았다.

스노볼이 말했다. 「동지 여러분, 지금은 오전 6시 30분이고, 우리 앞에는 긴 하루가 남아 있습니다. 오늘은 건초용 풀을 수확할 것입니다. 그러나 먼저 해야 할 일이 있습니다.」

돼지들은 지난 3개월 동안 존스 씨의 아이들이 쓰레

기 더미에 버린 낡은 철자 교본을 가지고 독학으로 읽고 쓰는 법을 배웠노라고 그제야 밝혔다. 나폴레옹은 검은색과 흰색 페인트통을 가져오게 한 다음 동물들을 큰길로 통하는 다섯 개의 가로대가 놓여 있는 문으로 데려갔다. 거기서 스노볼(그는 동물들 중에서 글씨를 제일 잘 썼다)은 앞발의 두 발톱 사이에 붓을 끼우고 문의 가장 높은 가로대에 적힌 〈매너 농장〉이라는 글씨를 지우더니 대신 그 자리에 〈동물 농장〉이라고 썼다. 이것이 그때부터 이 농장의 이름이 되었다. 그런 뒤에 그들은 농장 건물로 돌아왔고 스노볼과 나폴레옹은 사다리를 가져오게 해 그것을 커다란 창고의 한쪽 벽에 걸쳐 놓았다. 그들은 지난 3개월간의 연구 끝에 〈동물주의〉의 원리를 〈7계명〉으로 요약하는 데 성공했다고 설명했다. 이 7계명이 이제 벽에 적히게 될 것이다, 그리고 이것은 동물 농장에 살고 있는 모든 동물들이 앞으로 지켜 나가야 할 불변의 규율이 될 것이다. 스노볼은 무척 힘들게 (돼지가 사다리에서 균형을 잡기란 여간 어려운 일이 아니기 때문이다) 사다리로 기어 올라가 글씨를 쓰기 시작했고 스퀼러는 그보다 두세 계단 아래에서 페인트통을 들고 있었다. 그 계명은 타르를 칠한 벽에 흰 글씨로 커다랗게 쓰였으므로 30미터 밖에서도 쉽게 보였다. 7계명은 다음과 같았다.

7계명

1. 두 발로 걷는 자는 누구나 적이다.
2. 네 발로 걷거나 날개가 있는 자는 누구나 친구다.
3. 어떤 동물도 옷을 입어서는 안 된다.
4. 어떤 동물도 침대에서 자서는 안 된다.
5. 어떤 동물도 술을 마시면 안 된다.
6. 어떤 동물도 다른 동물을 죽여서는 안 된다.
7. 모든 동물은 평등하다.

이것은 아주 깨끗하게 쓰였는데 친구를 뜻하는 friend가 freind로, S 하나가 좌우로 뒤집힌 것을 빼고 철자는 모두 정확했다. 스노볼은 다른 동물들에게 큰 소리로 읽어 주었다. 그들은 모두 완전히 동의한다는 뜻으로 고개를 끄덕거렸다. 그리고 영리한 동물들은 즉시 그 계율을 외우기 시작했다.

스노볼이 페인트 붓을 내던지며 말했다. 「자, 동지 여러분. 이제 풀밭으로 갑시다! 우리의 명예를 걸고 존스와 그의 일꾼들보다 더 빨리 건초용 풀을 거둬들입시다.」

그때 얼마 전부터 몸이 불편해 보이던 암소 세 마리가 음매 하고 큰 소리를 질렀다. 그들은 지난 24시간 내내 젖을 짜지 않아 젖통이 거의 터질 지경이었다. 돼지들은 잠시 생각하더니 양동이를 가져오게 해 꽤 능숙하게 암소들의 젖을 짜주었다. 그들의 네 다리는 젖을 짜는 데

안성맞춤이었다. 곧 거품이 이는 크림 같은 우유가 다섯 양동이나 찼고 동물들은 우유가 든 양동이들을 흥미진진하게 바라보았다.

「저 많은 우유를 다 어떻게 할 겁니까?」 누군가가 물었다.

「존스는 가끔 우리 먹이에 섞어 주기도 했어요.」 암탉 한 마리가 말했다.

「우유에는 신경 쓰지 마시오, 동지들!」 나폴레옹이 우유가 담긴 양동이 앞에 나와 큰 소리로 말했다. 「잘 처리될 겁니다. 그보다 풀 베는 일이 더 중요합니다. 스노볼 동지가 앞장설 것입니다. 나도 곧 따라가겠습니다. 갑시다, 동지 여러분! 풀이 기다리고 있습니다.」

그래서 동물들은 건초용 풀을 베기 위해 풀밭으로 떼지어 갔다. 그리고 저녁에 돌아오니 우유는 온데간데없이 사라져 버렸다.

3

 그들은 건초용 풀을 거둬들이기 위해 얼마나 많은 땀을 흘리며 일했던가! 하지만 수확은 기대보다 훨씬 큰 성공을 거두었고 그들의 노력은 헛되지 않았다.
 때로 일이 힘들기도 했다. 농기구들은 인간들을 위해 만들어진 것이지 동물들을 위한 것은 아니었다. 뒷다리에 얹도록 되어 있는 농기구는 하나도 사용할 수 없다는 것이 큰 문제였다. 그러나 돼지들은 영리해서 모든 어려움을 극복하는 방법을 생각해 낼 수 있었다. 말들은 풀밭을 샅샅이 알고 있었고, 사실 풀을 베어 거두어들이는 일에 대해서는 존스와 그의 일꾼들보다 훨씬 잘 파악하고 있었다. 돼지들은 실제로 일은 하지 않고 다른 동물들을 지휘하고 감독하기만 했다. 그들은 훌륭한 지식을 갖고 있기 때문에 감독을 하는 것이 당연했다. 복서와 클로버는 풀 베는 기계나 써레를 몸에 묶고(재갈이나 고삐는 이제 필요 없었다) 열심히 들판을 빙글빙글 돌았다. 돼지 한 마리가 뒤를 따르며 사정에 따라 〈이랴, 동지!〉 혹은 〈워워, 동지!〉라고 소리를 질렀다. 그리고 가장 보잘것없는 동물들까지도 풀을 뒤집고 모으는 일을 했다. 오리와 암탉도 따가운 햇볕 아래에서 하루 종일 오가며 작은 풀 다발을 부리로 물어 옮겼다. 마침내 그들은 존스와 그의 일꾼들이 보통 일할 때보다 이틀이나 빨리 풀을 수확할 수 있었다. 더욱이 그해는 농장에서 일찍이 볼 수 없었던 대풍년이었다. 버린 것은 하나도 없었다. 암탉과 오리들이 예리한 눈으로 마지막 남은 한 줄기까지 모조리 주워 모았다. 그리고 조금이라도 풀을 훔쳐 먹은 동물은 하나도 없었다.

그해 여름 내내 농장의 일은 별 어려움 없이 돌아갔다. 동물들은 상상할 수 있는 것 이상으로 행복했다. 인색한 주인이 그들에게 나누어 준 먹이가 아니라 동물들 자신이 직접 수확한 식량이었으므로, 그것을 한입 먹을 때마다 그들은 벅차오르는 기쁨을 만끽했다. 아무짝에도 쓸모없는 기생충 같은 인간이 없어지자 각자가 먹을 음식은 더 많아졌다. 아직 실제로 즐겨 본 적은 없지만 여가 시간도 많이 생겼다. 하지만 어려운 문제에 부딪치기도 했다. 예를 들어 그해가 저물 무렵 곡식을 거둬들일 때 농장에 탈곡기가 없어서 옛날 방식으로 발로 밟아 곡식을 털어 내고 입으로 불어 겨를 날려 보내야 했다. 그러나 돼지들은 머리를 쓰고 복서는 엄청난 힘을 발휘해 항상 그런 고난들을 극복했다. 복서는 모든 동물들로부터 칭찬을 받았다. 그는 존스 시대에도 열심히 일하는 일꾼이었지만, 이제는 말 세 필을 합한 것보다 더 센 힘을 발휘하는 것 같았다. 그 시절 농장의 모든 일이 그의 힘센 양어깨에 달려 있는 것처럼 보였다. 아침부터 저녁까지 그는 지칠 줄 모르고 일했으며 힘든 일이 있는 곳에는 항상 그가 있었다. 그는 수탉 한 마리에게 아침에 다른 동물들보다 30분 먼저 깨워 달라고 부탁했고, 정규 일과가 시작되기 전에 가장 필요한 일이 무엇인지 찾아내 자발적으로 그 일을 했다. 문제가 생기고 곤란한 일에 부딪칠 때마다 그는 〈더 열심히 일하자!〉고 말하곤 했는데, 그는 일찍이 이 말을 자신의 좌우명으로 삼고 있었다.

어쨌든 모든 동물들은 자신의 능력에 따라 일했다. 예를 들어 암탉과 오리들은 수확 때 땅에 떨어진 이삭을 주워 모아 곡식의 수확량을 10말 정도 늘렸다. 어떤 동물도 곡식을 훔치지 않았고 각자의 배급량에 대해 불평하지 않았다. 옛날같이 걸핏하면 서로 싸우고 물어뜯고 질투하던 일이 이제는 거의 사라졌다. 어떤 동물도 책임을 회피하지 않았다. 아니, 거의 대부분이 회피하지 않았다. 사실 몰리는 아침에 일찍 일어나지도 못하고 또 툭하면 발굽에 돌이 끼었다고 불평을 하며 일찍 일을 끝마치곤 했다. 그리고 고양이의 행동도 약간 이상했다.

일을 할 때마다 고양이가 그 자리에 없었다는 사실이 곧 밝혀졌다. 고양이는 몇 시간 동안 사라졌다가 식사 시간이나 일이 다 끝나는 저녁때가 되어서야 아무 일 없다는 듯 시치미를 뚝 떼고 나타나는 것이었다. 그러나 고양이는 그럴듯한 변명을 늘어놓고 애교 넘치게 목을 가르랑거려 다른 동물들은 그의 선의를 믿지 않을 수 없었다. 당나귀 벤저민 영감은 반란 이후에도 조금도 변하지 않은 것 같았다. 그는 존스 시대와 똑같이 느릿느릿 외고집으로 일을 했으며 자기가 맡은 일은 했지만 그 외에 다른 일은 결코 자발적으로 하려고 하지 않았다. 반란과 그 결과에 대해 그는 어떠한 의견도 내놓으려고 하지 않았다. 지금 존스가 없으니까 더 행복하지 않느냐고 묻기라도 하면, 그는 〈당나귀는 오래 살지. 너희들 중 아무도 죽은 당나귀를 본 적이 없어〉라고 대답할 뿐이었다. 그래서 다른 동물들은 그의 이 수수께끼 같은 대답에 만족해야 했다.

일요일에는 일을 하지 않았다. 아침 식사는 평소보다 한 시간 늦었고 식사 후에는 매주 빠짐없이 의식이 거행되었다. 먼저 깃발 게양식이 있었다. 깃발은 스노볼이 마구실에서 존스 부인이 쓰던 낡은 녹색 식탁보를 찾아내 거기에 흰색으로 발굽 하나와 뿔 하나를 그려 넣어 만들었다. 이 깃발이 일요일마다 농장 저택의 마당에 있는 깃대에 게양되었다. 스노볼의 설명에 의하면, 기(旗)의 녹색 부분은 영국의 푸른 들판을 상징하고 발굽과 뿔은 인간들을 완전히 몰아낸 다음 수립하게 될 미래의 동물 공화국을 뜻했다. 게양식이 끝나면 동물들은 모두 〈회의〉라고 부르는 총회에 참석하기 위해 큰 창고로 몰려갔다. 여기서 다음 주 작업 계획이 세워지고 결의안이 제출되고 토의가 진행되었다. 결의안을 제출하는 동물은 항상 돼지들이었다. 다른 동물들은 투표할 줄은 알았지만 스스로 결의안을 내놓을 생각은 엄두도 못 냈다. 스노볼과 나폴레옹이 토론에서 가장 활발했다. 그러나 이 둘은 서로 의견 일치를 본 적이 한 번도 없었다. 어느 한쪽이 제안을 하면 다른 한쪽이 반대를 했다. 심지어 과수원 뒤의 조그마한 풀밭을 동물들이 일한 후 쉴 수 있는 휴식 공간으로 놓아 두자는 결의안 — 이 안에 대해 어느 누구도 반대하지 않았다 — 을 채택했을 때에도 각 동물의 적절한 정년(停年) 연령을 둘러싸고 격렬한 토론이 벌어졌다. 회의는 항상 「영국의 짐승들」을 노래하는 것으로 끝났고 오후는 오락 시간으로 할애되었다.

돼지들은 마구실을 자신들의 본부로 정했다. 그들은 저녁에 그곳에 모여 농장 본채에서 가져온 책으로 대장간 일과 목공 일 그리고 그 밖에 필요한 기술들을 공부했다. 또한 스노볼은 다른 동물들을 모아 소위 〈동물 위원회〉를 조직하느라 바빴다. 그는 이 일에 지칠 줄 모르고 매달렸다. 그는 암탉들에게는 〈달걀 생산 위원회〉,

암소들에게는 〈청결한 꼬리 동맹〉, 〈야생 동물 재교육 위원회〉(이 조직의 목적은 쥐와 산토끼를 길들이는 것이었다), 양들에게는 〈하얀 털 생산 운동〉을 만들어 주는 등 다양한 위원회와 동맹을 조직했고 읽기와 쓰기 교육을 시키는 학습반도 열었다. 그런데 대체로 이런 계획들은 실패로 돌아갔다. 예를 들어 야생 동물들을 길들이는 시도는 바로 실패했다. 그들은 여전히 예전과 마찬가지로 행동했으며 관대하게 대해 주면 오히려 그것을 이용하려 들었다. 고양이는 〈야생 동물 재교육 위원회〉에 참여해 처음 며칠간은 아주 적극적이었다. 어느 날 고양이가 지붕에 앉아 저만치 닿지 않을 만큼 떨어져 있는 참새들에게 말을 거는 것이 목격되었다. 고양이는 모든 동물들은 이제 다 동지들이니 너희 참새들도 원한다면 내 발등에 앉아도 좋다고 말하고 있었다. 그러나 참새들은 다가가지 않았다.

그러나 읽기와 쓰기 학습반은 대성공을 거두었다. 가을이 되자 농장의 거의 모든 동물들이 어느 정도 읽고 쓸 수 있게 되었다.

돼지들은 이미 완벽하게 읽고 쓸 수 있었다. 개들은 읽는 법을 꽤 잘 배웠지만 7계명 외에는 어떤 것도 읽는 데 흥미가 없었다. 염소 뮤리엘은 개들보다 더 잘 읽을 줄 알았고 저녁에 이따금씩 쓰레기 더미에서 찾은 신문지 조각을 들고 다른 동물들에게 읽어 주기도 했다. 벤저민은 돼지 못지않게 잘 읽을 수 있었지만 자신의 실력을 제대로 발휘한 적이 한 번도 없었다. 자기가 알기로는 읽을 만한 것이 하나도 없다는 것이었다. 클로버는 알파벳은 다 익혔지만 낱말을 서로 연결할 줄 몰랐다. 복서는 알파벳 D까지만 알고 있었다. 그는 커다란 발굽으로 흙바닥에 A, B, C, D를 쓰고 나서 귀를 뒤로 젖히고, 때로는 앞머리를 흔들면서 쓴 글자를 바라보며 다음 글자를 기억해 내려고 애를 써보았지만 도무지 생각이 나지 않았다. 사실 여러 번 E, F, G, H를 배웠지만 그것을 외우게 되니 오히려 A, B, C, D를 잊어버렸다. 마침내 그는 첫 네 글자로 만족하기로 작정하고 하루에 한두 번 기억을 되살려 그 글자들을 써보곤 했다. 몰리는 자신의 이름 여섯 글자 Mollie를 제외하고는 어떤 것도 배우려 하지 않았다. 그녀는 작은 나뭇가지로 자기 이름을 써놓고 꽃 한두 송이로 예쁘게 장식한 다음 연신 감탄하며 글자 주위를 빙빙 돌았다.

그 밖에 다른 동물들은 A 이상은 배우지 못했다. 또한 양, 암탉, 오리 같은 우둔한 동물들은 7계명도 암기할 수 없었다. 스노볼은 이에 대해 심사숙고한 끝에 7계명은 요컨대 〈네 다리는 좋고 두 다리는 나쁘다〉는 한마디의 금언으로 요약될 수 있다고 밝혔다. 그는 또 이 금언에 동물주의의 기본 원칙이 들어 있다고 말했다. 이 말을 충분히 숙지하고 있으면 어떤 동물이라도 인간의 영향으로

부터 안전하다는 것이었다. 새들은 처음에 반대를 했는데, 자기들도 다리가 둘이라는 생각이 들었기 때문이다. 그러나 스노볼은 그렇지 않다는 것을 증명해 보였다.

「동지 여러분, 새의 날개는 조작 기관이 아니고 추진 기관입니다. 그래서 날개는 다리로 간주되어야 합니다. 인간임을 나타내는 뚜렷한 표시는 바로 손이라는 모든 악행을 자행하는 도구인 것입니다.」

새들은 스노볼의 긴 말을 이해하진 못했지만 그의 설명을 받아들였다. 그리고 우둔한 동물들은 모두 다 이 새로운 금언을 암기하기 시작했다. 〈네 다리는 좋고 두 다리는 나쁘다!〉 이 글귀가 창고의 한구석 벽, 7계명의 위쪽에 그보다 더 큼직하게 쓰였다. 양들은 일단 이 금언을 암기하고 무척 마음에 들었는지 들판에 누워 있을 때면 종종 〈네 다리는 좋고 두 다리는 나쁘다! 네 다리는 좋고 두 다리는 나쁘다!〉고 지껄이기 시작했고 몇 시간이고 지칠 줄 모른 채 계속 외쳐 댔다.

나폴레옹은 스노볼이 조직한 위원회에는 관심이 없었다. 그는 어린 동물들의 교육이 이미 다 자란 동물들의 교육보다 더 중요하다고 말했다. 제시와 블루벨이 건초용 풀을 수확한 직후 새끼를 낳았는데, 다 합해 아홉 마리의 튼튼한 강아지였다. 새끼들이 젖을 떼자마자 나폴레옹은 그들의 교육은 자기가 맡겠다고 말하고는 어미에게서 그들을 데려가 버렸다. 그는 그들을 마구실에서 사다리를 놓아야 올라갈 수 있는 다락방 위에 데려다 놓고 격리시켰기 때문에 다른 동물들은 곧 그들의 존재를 잊어버렸다.

사라졌던 우유의 행방은 곧 밝혀졌다. 그것은 매일 돼지들의 먹이 속에 들어갔다. 이제 풋사과가 익어 가고 있었고 과수원의 풀밭에는 바람에 떨어진 과일들이 흩어져 있었다. 동물들은 당연히 과일들을 공평하게 나누게 될 것이라고 생각했다. 그러나 어느 날, 바람에 떨어진 과일들을 모아 돼지들이 먹을 수 있도록 마구실로 가져오라는 명령이 떨어졌다. 이 소리를 듣고 몇몇의 다른 동물들이 투덜거렸지만 아무 소용이 없었다. 돼지들은 이 점에 대해 모두 찬성을 했고 심지어 스노볼과 나폴레옹도 그랬다. 스퀼러가 다른 동물들에게 필요한 설명을 해주기 위해 파견되었다.

그가 소리쳤다. 「동지 여러분! 여러분은 우리 돼지들이 이기심과 특권 의식으로 이런 일을 하고 있다고는 생각하지 않겠지요? 실제로 우리 중 상당수가 우유와 사과를 좋아하지 않습니다. 나 자신도 그렇습니다. 우리가 이런 것들을 먹는 목적은 오직 하나, 우리의 건강을 유지하기 위해서입니다. 우유와 사과는 (동지 여러분, 이것은 과학적으로 증명된 것입니다) 돼지의 건강에 절대적으로 필요한 물질을 함유하고 있습니다. 우리 돼지들은 머리를 쓰는 일꾼들입니다. 이 농장의 전반적인 경영과 조직은 우리에게 달려 있습니다. 우리는 밤낮으로 여러분의 복지를 위해 힘쓰고 있습니다. 우리가 우유와 사과를 먹는 것도 다 여러분을 위한 일입니다. 우리 돼지들이 의무를 다하지 못하면 어떤 사태가 벌어질지 알고 있습니까? 존스가 다시 옵니다! 그렇습니다, 그가 돌아올 겁니다! 틀림없습니다, 동지 여러분.」 스퀼러는 꼬리를 흔들고 이리저리 뛰어다니며 거의 호소하듯이 외쳤다. 「확실히 여러분 가운데 존스가 돌아오기를 바라는 자는 아무도 없겠지요?」

이제 동물들이 절대적으로 확신하는 한 가지 사실이 있다면, 그것은 아무도 존스가 돌아오기를 바라지 않는다는 점이었다. 스퀼러가 이런 식으로 설명하자 그들은 더 이상 아무 말도 하지 않았다. 돼지들의 건강을 지키는 일의 중요성은 너무나 명백해 보였다. 그래서 우유와 떨어진 사과(그리고 다 익었을 때 수확한 사과는 물론이고)를 돼지들을 위해 보관해야 한다는 것은 더 이상 이러쿵저러쿵 따지는 일 없이 통과되었다.

4

 그해 여름이 끝나 갈 때쯤 동물 농장에서 일어난 사건에 대한 소식은 영국 땅의 절반 정도까지 퍼져 나갔다. 스노볼과 나폴레옹은 매일 비둘기들을 날려 보냈는데, 그들의 임무는 이웃 농장의 동물들과 어울리며 그들에게 반란 이야기를 하고 「영국의 짐승들」 노래를 가르치는 일이었다.
 존스 씨는 월링던에 있는 〈레드 라이언〉 술집에 앉아 자기 말을 들어 주는 사람이면 누구에게나 아무짝에도 쓸모없는 동물들 패거리에게 땅을 빼앗기다니 이렇게 어처구니없고 부당한 일이 어디 있느냐고 불평을 늘어놓으며 시간을 보내고 있었다. 다른 농장주들은 원칙적으로 그의 주장에 동조를 했지만 처음에는 그에게 그다지 큰 도움을 주지 않았다. 속으로는 각자 존스의 불행을 자신에게 유리하도록 이용해 먹을 생각을 하고 있었다. 동물 농장과 이웃한 두 농장의 소유주들이 항상 사이가 좋지 않다는 것이 그나마 다행이었다. 두 곳 중 하나는 〈폭스우드〉라는 농장으로 크지만 관리가 제대로 되어 있지 않은 구식 농장이었다. 그곳엔 나무들이 무성하게 웃자라고 목장 전체가 황폐하고 산울타리는 보기 흉할 정도로 말라 비틀어져 있었다. 이 농장의 주인 필킹턴 씨는 계절마다 태평스럽게 낚시나 사냥으로 대부분의 시간을 보내는 게으른 농부였다. 또 다른 〈핀치필드〉 농장은 〈폭스우드〉 농장보다 작았지만 관리는 훨씬 잘 되어 있었다. 이 농장의 소유주인 프레더릭 씨는 강인하고 빈틈없는 사람으로 늘 소송 사건에 연루되어 있었고 거래를 했다 하면 자기에게 유리한 방향으로 이끌어 가기로 유명했다. 이 두 사람은 만나기만 하면 서로 으르렁거렸기 때문에 어떤 일에도 합의를 보지 못했으며 심지어 그들 자신의 이익을 옹호하는 일에도 의견이 맞지 않았다.

그렇지만 두 사람은 동물 농장의 반란 소식을 듣고 소스라치게 놀라 자기네 농장 동물들이 이 사실을 눈치챌까 봐 전전긍긍하고 있었다. 처음에 그들은 동물들이 스스로 농장을 경영한다는 생각에 콧방귀를 뀌며 비웃으려 했다. 그들은 한 2주 정도 지나면 모든 게 끝장날 것이라고 말했다. 그들은 매너 농장(그들은 〈동물 농장〉이라는 이름은 참을 수 없었기 때문에 고집스럽게 〈매너 농장〉이라고 불렀다)의 동물들은 끝도 없이 자기들끼리 싸우다가 결국 굶어 죽을 것이라는 소문을 퍼뜨렸다. 시간이 흘러도 동물들이 굶어 죽지 않는 것이 명백해지자, 프레더릭과 필킹턴은 생각을 바꿔 지금 동물 농장에서 끔찍하게 벌어지고 있는 사악한 일들에 대해 이야기하기 시작했다. 거기에 있는 동물들은 서로를 잡아먹고 편자를 시뻘겋게 달구어 고문을 하고 암컷들을 공동으로 소유한다고 소문을 퍼뜨렸다. 프레더릭과 필킹턴은 이것을 두고 자연의 법칙을 거슬러 반역을 한 결과라고 말하고 다녔다.

  그러나 동물들은 이런 이야기들을 그대로 믿지 않았다. 인간들이 쫓겨나고 동물들이 스스로 경영하고 있다는 기적의 농장에 대한 소문들이 막연하고 왜곡된 상태로 계속 퍼져 나갔고, 그해 내내 반란의 물결이 그 지방 일대를 휩쓸고 지나갔다. 항상 유순하기만 하던 황소들이 갑자기 사나워졌고, 양들은 울타리를 넘어뜨리고 토끼풀을 마구잡이로 뜯어 먹었고, 암소들은 우유통을 차버렸고 사냥 말들은 담을 뛰어넘지 않고 타고 있던 사람들을 건너편으로 내동댕이쳤다. 무엇보다 「영국의 짐승들」이 곡조는 물론이고 가사까지 사방에 알려지게 되었다. 이것은 순식간에 퍼져 갔다. 사람들은 이 노래를 듣고 비웃는 척하기도 했지만 속으로는 끓어오르는 분노를 참을 수 없었다. 그들은 동물들이 어떻게 해서 이처럼 경멸스럽고 어리석은 노래를 부를 수 있는지 이해할 수 없다고 말했다. 어떤 동물이든 이 노래를 부르다 들키면 그 자리에서 채찍질을 당했다. 그러나 이 노래를 막는 것은 더 이상 불가능했다. 지빠귀는 이 노래를 울타리에서 지저귀고, 비둘기들은 느릅나무에서 꾸꾸 하며 목청을 높였다. 이 노랫소리는 대장간의 소음과 교회 종소리 속에 섞여 들었다. 사람들은 이 노래에 귀를 기울이더니 그 속에 앞으로 닥칠 자신들의 운명에 대한 예언이 들어 있음을 발견하고 속으로 겁을 집어먹었다.

옥수수를 잘라 쌓아 놓고 일부는 이미 타작을 마무리한 10월 초순의 어느 날, 비둘기 떼가 상공을 선회하더니 열띤 흥분에 사로잡혀 동물 농장의 마당에 내려앉았다. 그들의 말에 따르면, 존스와 그의 일당들이 폭스우드와 핀치필드에서 온 여섯 명의 사람들을 데리고 다섯 개의 가로대가 있는 문으로 들어와 농장으로 통하는 마찻길을 올라오고 있다는 것이었다. 그들은 모두 몽둥이를 들고 있고 존스는 양손에 총을 들고 앞장을 서고 있었다. 그들은 농장을 탈환하려는 것이 분명했다.

이런 일은 오래전부터 예상되어 온 터라 동물들은 만반의 준비를 갖추고 있었다. 스노볼은 농장 본채에서 발견한 율리우스 카이사르의 전쟁에 대한 오래된 책을 이미 다 연구해 놓았기 때문에 방어 작전을 총지휘했다. 그는 재빨리 명령을 내렸고 불과 몇 분 안에 모든 동물들은 각자의 위치로 갔다.

인간들이 농장 건물까지 진격해 왔을 때, 스노볼은 첫

공격을 감행했다. 서른다섯 마리의 비둘기들이 사람들 머리 위를 이리저리 날며 공중에서 똥을 내갈겼다. 인간들이 비둘기들의 공격을 막는 동안 울타리 뒤에 숨어 있던 거위들이 돌진해 나와 인간들의 종아리를 매섭게 쪼아 댔다. 그러나 이것은 약간의 혼란을 일으키기 위한 가벼운 전초전에 불과했으며, 인간들은 몽둥이를 휘둘러 쉽게 거위들을 내쫓을 수 있었다. 스노볼은 이제 두 번째 공격을 실시했다. 뮤리엘과 벤저민과 모든 양들이 선두에 선 스노볼과 함께 앞으로 돌진하며 사방에서 인간들을 들이받고 찔러 댔다. 한편 벤저민은 몸을 휙 돌려 작은 발굽으로 인간들을 걷어차기도 했다. 그러나 이번에도 몽둥이를 들고 징 박은 구두를 신은 인간들이 더 강했다. 그때 갑자기 스노볼이 후퇴하라는 신호로 비명을 지르자 동물들은 몸을 돌려 일제히 문을 통해 마당으로 도망쳤다.

인간들은 승리의 환호성을 올렸다. 그들은 예상대로 적들이 도망치는 모습을 보고 닥치는 대로 그 뒤를 쫓았다. 이것이 바로 스노볼이 의도한 작전이었다. 그들이 마당 한가운데에 이르자마자 외양간에 숨어 있던 말 세 마리와 암소 세 마리 그리고 남은 돼지들이 일제히 인간들의 등 뒤에 나타나 길을 막았다. 그때 스노볼이 공격 신호를 보냈다. 스노볼은 직접 존스를 상대했다. 존스는 그가 달려드는 것을 보고 총을 들어 발사했다. 스노볼의 등에는 탄환이 스치며 몇 군데 핏자국이 생겼고 양 한 마리가 쓰러져 죽었다. 스노볼은 한순간도 지체하지 않고 1백 킬로그램에 육박하는 육중한 몸을 존스의 두 다리에 내던졌다. 존스는 거름 더미에 내동댕이쳐졌고 총은 그의 손에서 빠져나갔다. 그러나 무엇보다 가장 무서웠던 것은 복서가 종마(種馬)처럼 뒷발을 딛고 우뚝 일어서서 징 박은 커다란 발굽으로 내리치는 장면이었다. 그가 한 차례 가격했을 때 폭스우드 농장에서 온 마구간지기 소년은 머리를 맞고 진흙 바닥에 쭉 뻗어 기절해 버렸다. 이 장면을 보자 사람들은 몽둥이를 던져 버리고 도망치려 했다. 그들은 겁에 질려 우왕좌왕했고 다음 순간 모든 동물들은 한데 모여 마당을 빙빙 돌며 인간들을 쫓아다녔다. 인간들은 뿔에 받히고 차이고 물어뜯기고 짓밟혔다. 농장의 동물들은 너 나 할 것 없이 모두 나름의 방법으로 인간들에게 복수를 했다. 심지어 고양이도 느닷없이 지붕에서 마부의 어깨 위에 뛰어내려 발톱으로 목을 할퀴었고 그는 소스라치게 놀라 소리를 질러 댔다. 순간 도망갈 틈이 보이자 인간들은 마당에서 뛰쳐나갔고 큰길을 향해 쏜살같이 달아난 뒤에야 겨우 안도의 한숨을 쉬었다. 이렇게 해서 침입한 지 5분도 되지 않아 인간들은 거위 떼한테 종아리를 계속 물어뜯기며 처음에 왔던 길로 치욕적인 후퇴를 해야 했다.

　사람들은 한 명만 빼놓고 모두 도망쳤다. 마당으로

돌아와 보니 복서는 진흙 속에 얼굴을 파묻고 엎드려 있는 마구간지기 소년을 발굽으로 흔들어 바로 눕히려 하고 있었다. 소년은 꼼짝하지 않았다.

복서가 슬프게 말했다. 「그는 죽었습니다. 난 그럴 의도가 없었습니다. 발굽에 징을 박았다는 걸 잊고 있었습니다. 하지만 내가 일부러 그러지 않았다는 걸 누가 믿겠습니까?」

「동지들, 감상적인 이야기는 하지 마시오!」 스노볼이 상처 부위에서 여전히 피를 뚝뚝 흘리며 외쳤다. 「전쟁은 전쟁이오. 죽은 인간만이 착할 따름이오.」

「난 생명을 빼앗을 생각은 없습니다. 인간의 생명이라도 말입니다.」 복서가 계속 말했고 그의 눈에는 눈물이 가득 고여 있었다.

「몰리는 어디 있습니까?」 누군가가 소리쳤다.

정말 몰리는 사라지고 없었다. 잠시 동안 크게 술렁이더니 동물들은 사람들이 몰리에게 상처를 입히거나 그녀를 끌고 가버렸을지도 모른다고 걱정했다. 그러나 결국 여물통 건초 속에 머리를 처박고 외양간에 숨어 있는 몰리의 모습이 발각되었다. 몰리는 총소리를 듣자마자 도망쳐 숨어 버린 것이었다. 동물들이 몰리를 찾아낸 다음 다시 돌아와 보니, 사실은 죽지 않고 기절해 있던 마구간지기 소년이 의식을 되찾았는지 도망치고 없었다.

동물들은 이제 엄청난 흥분을 느끼며 다시 모여들었

다. 그리고 이번 전투에서 자신의 공적이 크다며 저마다 목청을 높이고 시끄럽게 떠들어 댔다. 곧바로 즉흥적인 승리 축하연이 열렸다. 동물들은 깃발을 게양하고 「영국의 짐승들」을 몇 차례 부르고 난 뒤 전투에서 죽은 양의 장례식을 엄숙히 치르고 무덤가에 산사나무 한 그루를 심었다. 무덤가에서 스노볼은 모든 동물들은 필요하다면 동물 농장을 위해 목숨을 바칠 각오를 해야 한다고 강조하는 짧은 연설을 했다.

동물들은 만장일치로 군사 훈장을 제정키로 했다. 〈동물 영웅 일등 훈장〉은 그 자리에서 스노볼과 나폴레옹에게 수여되었다. 이것은 놋쇠로 만든 메달(사실 이것은 마구실에서 찾아낸, 마구에 붙이는 놋쇠 장식이었다)로 일요일과 휴일에 착용하도록 했다. 그리고 〈동물 영웅 이등 훈장〉도 있었는데 이것은 죽은 양에게 추서(追敍)되었다.

그리고 이번 전투의 이름을 붙이기 위한 열띤 토론이 벌어졌다. 결국 매복 작전이 전개된 곳의 이름을 따서 〈외양간 전투〉라고 명명되었다. 존스 씨의 총은 진흙 속에 묻혀 있는 것이 발견되었고 그가 살았던 농가 본채에 탄약통이 여러 개 있다는 것도 알게 되었다. 그 총은 대포처럼 게양대 아래에 세워 두었다가 1년에 두 번, 즉 〈외양간 전투〉 기념일인 10월 12일에 한 번, 반란 기념일인 6월 24일에 한 번 발사하기로 결정했다.

5

 겨울이 다가오자 몰리는 점점 말썽꾼이 되어 갔다. 그녀는 매일 아침 일터에 지각을 하고 늦잠을 잤다고 핑계를 댔으며 또 먹을 것은 배불리 챙겨 먹으면서도 늘상 몸이 아프다고 불평을 늘어놓았다. 그녀는 온갖 핑계를 다 대면서 일터에서 일찍 빠져나가 물웅덩이로 가곤 했다. 그리고 물에 비친 자기 모습을 들여다보며 바보처럼 서 있었다. 그러나 더 심각한 어떤 소문이 돌았다. 어느 날 몰리가 즐거운 듯 우쭐대며 마당 안으로 걸어와 긴 꼬리를 흔들며 건초 줄기를 씹고 있을 때 클로버가 그녀를 한쪽으로 데려가 말했다.

「몰리, 너한테 할 말이 있는데, 심각한 이야기야. 오늘 아침 난 네가 동물 농장과 폭스우드 농장 경계에 있는 울타리 너머를 바라보는 걸 봤어. 필킹턴 씨의 일꾼이 울타리 건너편에 서 있더군. 그리고 멀리 떨어져 있었지만 난 분명히 봤어. 그가 너한테 말을 걸며 네 콧잔등을 쓰다듬더구나. 어떻게 된 거야, 몰리?」

「그자는 그렇게 하지 않았어! 나 또한 허락도 안 했고! 사실이 아니야!」 몰리는 길길이 날뛰며 발을 마구 구르기 시작했다.

「몰리! 내 얼굴을 똑바로 봐! 넌 그 남자가 너의 콧등을 쓰다듬지 않았다고 가슴에 발을 얹고 맹세할 수 있어?」

「사실이 아니야!」 몰리가 재차 말했다. 하지만 그녀는 클로버의 얼굴을 차마 쳐다보지 못하고 다음 순간 삼십육계 줄행랑을 놓아 들판 쪽으로 달아나 버렸다.

어떤 생각이 클로버의 머리를 스쳐 지나갔다. 그녀는 아무에게도 이 사실을 말하지 않고 몰리의 마구간으로 가서 발굽으로 짚 더미를 헤쳐 보았다. 짚 더미 밑에 작은 각설탕 서너 개와 여러 색깔의 리본 다발들이 숨겨져 있었다.

사흘 뒤 몰리는 사라졌다. 몇 주 동안 그녀의 행방이 묘연했다. 그 뒤 비둘기가 윌링던의 반대쪽에서 그녀를 봤다고 보고했다. 그녀가 어느 술집 앞에 선 빨간색과 검은색으로 칠한 멋진 이륜마차의 굴대 사이에 서 있었다는 것이다. 바둑판무늬의 반바지를 입고 장화를 신은 뚱뚱하고 얼굴이 불그스름한, 술집 주인처럼 보이는 어떤 남자가 그녀의 콧등을 어루만지며 설탕을 먹여 주고 있었다. 비둘기들은 그녀가 무척 즐거워 보였다고 말했다. 그런 보고가 있은 후 어떤 동물도 몰리에 대한 얘기는 두 번 다시 꺼내지 않았다.

1월이 되자 날씨는 혹독히 추워졌다. 땅은 온통 쇳덩이처럼 꽁꽁 얼어붙어 들판에 나가 일을 할 수 없었다. 큰 창고에서 회의가 자주 열렸고 돼지들은 다가올 봄철에 할 일을 계획하느라 여념이 없었다. 농장의 모든 결정 사항은 다수결에 의한 투표를 거쳐야 했지만, 다른 동물보다 확실히 더 영리한 돼지들이 농장의 모든 정책을 결정해야 한다는 합의를 보았다. 그러나 이런 합의도 스노볼과 나폴레옹 사이에 논쟁만 없었더라면 순조롭게 이루어졌을 것이다. 이 두 마리의 돼지는 사사건건 서로 걸고 넘어지며 반대를 했다. 어느 한쪽이 넓은 밭에 보리를 심자고 제안하면 반드시 다른 한쪽은 귀리를 더 많이 심어야 한다고 주장했고, 하나가 이러이러한 밭은 배추를 심기에 적당하다고 말하면 다른 하나는 근채류 외에 다른 작물을 심어 봐야 아무 소용이 없다고 말했다. 이들은 각자 따르는 다른 동물들이 있어서 서로 격한 토론을 벌이기도 했다. 회의석상에서 스노볼은 뛰어난 연설로 다수의 지지를 받곤 했지만 비공식적으로 막간 교섭을 하는 능력은 나폴레옹이 스노볼보다 더 뛰어났다. 특히 그는 양들을 자기편으로 끌어들이는 데 성공했다. 요즈음 양들은 〈네 다리는 좋고 두 다리는 나쁘다〉를 시도 때도 없이 외치고 돌아다녔는데, 회의 중에도 가리지 않아 회의가 종종 중단되기도 했다. 이들은 특히 스노볼이 연설할 때 중요한 순간에 이르면 〈네 다리는 좋고 두 다리는 나쁘다〉를 외쳐 댔다. 스노볼은 농장 본채에서 발견한 『농부와 목축업자』라는 잡지의 묵은 호 몇 권을 면밀히 검토한 끝에 혁신과 개선을 위한 많은 계획들을 세우게 되었다. 그는 농지 배수로, 건초용 풀 저장, 기초 용재(鎔滓) 등에 관해 유식하게 이야기했고, 또 똥거름을 짐수레로 실어 나르는 수고를 덜기 위해 모든 동물들이 직접 밭에 가서 매일 장소를 바꾸어 가며 똥을 누어야 한다는 복잡한 계획을 내놓았다. 나폴레옹은 자신의 계획을 내놓지 못했지만 스노볼의 계획은 실패할 것이라고 조용히 말하고 때를 기다리는 것 같았다. 그러나 그들이 벌인 논쟁 중에서도 풍차에 관한 것만큼 격렬한 논쟁도 없었다.

농장 건물에서 그다지 멀지 않은 기다란 목초지 안에는 농장에서 가장 높은 자그만 둔덕이 하나 있었다. 스노볼은 지형을 조사한 후 그곳이 풍차를 건설하기에 최적의 장소이며 발전기를 돌려 농장에 전기를 공급할 수 있을 것이라고 말했다. 그렇게 하면 우리에 전깃불을 밝히고 겨울철에도 따뜻하게 지낼 수 있고 둥근 톱, 작두, 사료 절단기, 전기 착유기 등도 사용할 수 있다고 말했다. 동물들은 여태껏 이런 이야기를 한 번도 들어본 적이 없었던 터라(이 농장은 구식이었기 때문에 원시적인 기계들밖에 없었다), 스노볼이 환상적인 기계에 대한 그림을 그리며 이야기를 늘어놓기 시작하자 모두들 깜짝 놀라며 귀를 기울였다. 그에 따르면, 이 기계가 대신 일을 다 할 것이며 동물들은 그저 들판에서 느긋하게 풀을 뜯거나 독서와 대화로 정신을 계발하면 된다는 것이었다.

연구를 시작한 지 3주도 되기 전에 스노볼의 풍차 건설 계획이 충분히 작성되었다. 기계적인 세부 사항은 『집 짓는 데 필요한 천 가지 방법』, 『누구나 집을 지을 수 있다』, 『전기학 입문』 등 존스 씨가 가지고 있던 세 권의 책에서 대부분 얻어 냈다. 스노볼은 이전에 인공 부화실로 사용되던 헛간을 서재로 삼았다. 그곳은 설계도면을 그리기에 적당한 매끄러운 마루가 깔려 있었다. 그는 한번 그곳에 들어가면 몇 시간이고 틀어박혀 있었다. 그는 책을 펼쳐 돌로 눌러 놓고 분필을 발가락 사이에 끼우고 이쪽저쪽으로 민첩하게 움직이며 마룻바닥에 이리저리 선을 긋고 흥분한 나머지 신음하듯 코를 킁킁거리기도 했다. 점차 설계도는 회전반과 톱니바퀴의 복잡한 구조로까지 발전해 마룻바닥의 절반 이상이 온통 설계도로 가득 찼다. 다른 동물들은 그것이 무엇인지 전혀 이해가 되지 않았지만 어쨌든 큰 감동을 받았다. 모든 동물들은 적어도 1주일에 한 번 정도는 스노볼의 설계도를 보러 왔다. 암탉과 오리까지도 찾아와 분필 자국을 밟지 않으려고 조심조심했다. 오직 나폴레옹만이 찾아오지 않았다. 그는 처음부터 풍차 건설 계획에는 반대한다고 선언했다. 그러나 어느 날 그는 아무런 예고도 없이 그 설계도를 검토하러 인공 부화실에 들어왔다. 그는 마룻바닥 주위를 뒤뚱뒤뚱 걸어다니며 설계도의 세부 사항까지 자세히 들여다보더니 한두 번 킁킁거리며 냄새를 맡았다. 그런 뒤 한참 동안 경멸의 눈초리를 보내며 서 있다가 갑자기 다리를 들어 설계도 위에 오줌을 갈기고 한마디 말도 없이 나가 버렸다.

농장은 풍차 문제로 두 파로 완전히 갈라졌다. 스노볼도 풍차 건설이 어려울 것이라는 점을 부인하지 않았다. 돌을 캐내고 쌓아 벽을 세운 다음 풍차 날개를 만들어야 했다. 그런 뒤에는 발전기와 전선이 필요했다. (그는 이런 것들을 구할 방법에 대해서는 말을 하지 않았다.) 그러나 그는 이 모든 것들을 1년 안에 다 끝마칠 수 있다고 주장했다. 그리고 많은 노동력이 절약되어 동물들은 1주일에 오직 사흘만 일하면 된다고 선언했다. 한편 나폴레옹은 지금으로선 식량 생산량을 증가시키는 것이 가장 시급한 문제이고, 만약 풍차를 건설하는 데 시간을 낭비한다면 전부 굶어 죽게 될 것이라고 역설했다. 동물들은 두 파로 나뉘어 한쪽은 〈스노볼과 주 3일 노동에 한 표를〉이라는 슬로건을, 다른 한쪽은 〈나폴레옹과 가득 찬 여물통에 한 표를〉이라는 슬로건을 각각 내세웠다. 벤저민만이 어느 쪽에도 가담하지 않은 유일한 동물이었다. 그는 식량이 더욱 풍부해지리라는 것도,

풍차가 일손을 덜어 주리라는 것도 믿지 않았다. 풍차가 있든 없든 삶은 항상 예전과 마찬가지로 고생스러울 것이라고 말했다.

풍차에 관한 논쟁 말고도 농장 방위(防衛)에 대한 문제가 있었다. 비록 인간들이 외양간 전투에서는 패배했지만 농장을 탈환해 존스 씨에게 돌려주려고 보다 더 확실한 계획을 세우고 있으리라는 것은 충분히 예상하고도 남았다. 인간들이 패배했다는 소식이 시골 지방에 쫙 퍼졌고, 그래서 이웃 농장의 동물들이 예전보다 다루기가 더 힘들어졌기 때문에 인간들이 이런 계획을 세우는 것은 당연한 일이었다. 여느 때와 마찬가지로 스노볼과 나폴레옹은 의견의 일치를 보지 못했다. 나폴레옹에 따르면 동물들이 총기를 구입해 사용법을 익혀 놓아야 한다는 것이었다. 반면 스노볼의 주장은 보다 많은 비둘기들을 보내 다른 농장의 동물들에게 반란을 선동해야 한다는 것이었다. 한쪽은 만약 동물들이 스스로 방어하지 못하면 다시 정복당할 것이라고 주장했고, 다른 한쪽은 반란이 모든 곳에서 일어난다면 자체 방어를 할 필요가 없을 것이라고 주장했다. 동물들은 처음엔 나폴레옹의 주장에 귀를 기울였다가 나중엔 스노볼의 주장에 또 귀가 솔깃해져 어느 쪽이 옳은지 마음을 정하지 못했다. 사실 그들은 나폴레옹의 말을 들으면 그것이 옳은 것 같고 스노볼의 말을 들을 때면 또 그것이 옳은 것 같았다.

마침내 스노볼의 풍차 계획이 완성되었다. 그다음 일요일 회의 때 풍차 건설을 착수할 것인지 안 할 것인지 투표로 결정하기로 했다. 동물들이 큰 창고에 모였을 때 스노볼은 일어서서, 간혹 양들의 외침 소리에 약간 방해를 받았지만, 풍차를 세워야 할 당위성을 조목조목 설명했다. 다음으로 나폴레옹이 일어서서 풍차는 아무런 쓸모가 없는 것이며 거기에 찬성표를 던져서는 안 된다고 조용히 말하고 재빨리 자리에 다시 앉았다. 그는 겨우 30초 정도만 발언을 했는데 그것이 효과가 있을지 없을지에 대해서는 관심이 없는 것처럼 보였다. 이때 스노볼이 벌떡 일어서서 소란스럽게 외치고 있는 양들에게 조용히 하라고 소리친 뒤 풍차 계획에 찬성표를 달라고 간곡히 호소했다. 이때까지 동물들은 의견이 똑같은 수로 나뉘어 있었지만, 스노볼의 열변이 순식간에 그들의 마음을 사로잡았다. 그는 힘든 노동이 동물들의 등에서 사라지게 될 동물 농장의 미래상을 아주 강렬한 문장으로 이야기했다. 그의 상상력은 이제 작두나 순무 절단기를 훨씬 넘어서고 있었다. 전기는 모든 우리에 전깃불, 온수와 냉수, 전기 난방기를 공급할 뿐 아니라 탈곡기, 쟁기, 써레, 땅 고르는 기계, 수확기, 풀 묶는 기계 등을 작동시킬 수 있다고 말했다. 그가 연설을 마치자 투표 결과가 어느 쪽으로 기울 것인지에 대해서는 의심의 여지가 없었다. 그런데 바로 그때 나폴레옹이 일어서서 특유의 곁

눈질로 스노볼을 노려본 다음 지금까지 그에게서 한 번도 들어 보지 못한 날카로운 소리를 질렀다.

그러자 밖에서 무시무시한 개 짖는 소리가 들리는가 싶더니 이내 목걸이에 놋쇠 장식이 달린 커다란 개 아홉 마리가 창고 안으로 뛰어 들어왔다. 그들은 곧장 스노볼에게 달려들었고, 스노볼은 뒤도 돌아보지 않고 자리에서 후다닥 도망쳐 개들에게 물어뜯기는 화를 면할 수 있었다. 순식간에 그는 문 밖으로 도망쳐 나왔지만 개들이 그를 계속 쫓아왔다. 동물들은 모두 너무 놀라고 두려워 문 쪽으로 몰려가 그 장면을 지켜보고 있었다. 스노볼은 큰길로 이어지는 기다란 목초지를 가로질러 달아나고 있었다. 그는 죽을힘을 다해 돼지가 낼 수 있는 최고의 속도로 뛰었지만, 개들이 바싹 따라붙었다. 갑자기 그가 미끄러져 넘어졌다. 이제 잡히는 것은 불을 보듯 뻔했다. 그 순간 그는 다시 일어나 아까보다 더 빨리 달렸다. 개들이 다시 그의 뒤까지 따라붙었다. 그중 한 마리가 스노볼의 꼬리를 날카로운 이빨로 거의 물어뜯을 뻔했지만 스노볼은 꼬리를 획 흔들어 위험을 가까스로 모면했다. 그는 이제 마지막 있는 힘을 다해 뛰었고 개들과 불과 간발의 차이를 두고 울타리 구멍을 빠져나가 자취를 감추었다.

겁에 질려 아무 말도 하지 못한 채 동물들은 창고로 다시 들어왔다. 개들도 재빨리 뛰어들었다. 처음엔 이 개들이 어디서 왔는지 아무도 몰랐지만 의문은 곧 풀렸다. 그들은 새끼 때 나폴레옹이 어미로부터 떼내 개인적으로 길러 왔던 바로 그 강아지들이었다. 그들은 아직 완전히 자라진 않았지만 거대한 덩치에 늑대처럼 사나운 모습을 하고 있었다. 그들은 나폴레옹 옆에 바싹 붙어 다른 개들이 존스 씨에게 했던 것과 똑같이 그를 향해 꼬리를 흔들었다.

이제 나폴레옹은 개들을 데리고 메이저가 일전에 연설했던 높은 단상으로 올라갔다. 그는 일요일 아침마다 열리는 회의를 이제부터 중단한다고 발표했다. 그런 회의는 시간만 낭비하는 불필요한 것이라고 말하면서, 앞으로 농장의 운영에 관한 모든 문제는 자기가 의장직을 맡고 있는, 돼지들로 구성된 특별 위원회에서 결정될 것이라고 분명히 밝혔다. 그 회의는 비공개로 열리고 결정 사항은 회의가 끝난 뒤 다른 동물들에게 통보될 것이라고 말했다. 동물들은 여전히 일요일 아침에 모여 깃발에 경례를 하고 「영국의 짐승들」을 계속 부르고 그 주에 할 일을 각자 할당받겠지만 토론은 더 이상 해서는 안 된다는 것이었다.

동물들은 스노볼이 추방된 데서 받은 충격에도 불구하고 나폴레옹의 발표를 듣고 당황했다. 정당한 이의라도 생각났더라면 몇몇 동물들은 항의를 했을 것이다. 복서조차도 막연히 걱정이 되었다. 그는 귀를 뒤로 젖히고 몇 번이나 앞머리를 흔들며 자신의 생각을 정리하려고 애를 썼다. 그러나 결국 아무 말도 하지 못했다. 그러나 몇몇 돼지들은 나름대로 자신들의 뚜렷한 생각을 말했다. 앞줄에 앉아 있던 어린 식용 돼지 네 마리가 찬성할 수 없다며 날카로운 소리를 꽥 지르더니 재빨리 벌떡 일어나 말하기 시작했다. 그러나 갑자기 나폴레옹을 둘러싸고 있던 개들이 위협적으로 낮게 으르렁거렸고, 돼지들은 아무 말도 못하고 다시 그 자리에 앉아 버렸다. 그러자 양들이 〈네 다리는 좋고 두 다리는 나쁘다〉고 거의 15분 동안이나 큰 소리로 외쳐 대는 바람에 토론은 더 이상 진행되지 못했다.

그 후 스퀼러가 농장 이곳저곳에 파견되어 다른 동물들에게 새로운 계획을 설명했다.

「동지 여러분, 나폴레옹 동지가 이번 일에 얼마나 희생적으로 수고했는지 다들 고맙게 생각하리라고 믿습니다. 동지 여러분, 지도한다는 게 즐거운 일이라고는 생각하지 마시오. 오히려 그것은 책임이 무겁고 힘든 일입니다. 모든 동물들이 평등하다는 것을 나폴레옹 동지만큼 강하게 믿고 있는 동물도 없을 것입니다. 그는 여러분 스스로 결정하기를 기꺼이 바라고 있습니다. 그러나 동지들, 여러분은 결정을 잘못 내릴 수도 있고, 그렇게 되면 우리는 어떻게 되겠습니까? 여러분이 스노볼의 황당한 풍차 건설 계획을 따르기로 결정했다고 생각해 보십시오. 모두 알다시피 스노볼은 현재 틀림없는 범죄자가 아닙니까?」

「그는 외양간 전투에서 용감하게 싸웠습니다.」 누군가가 말했다.

「용감한 것만으로 충분하지 않습니다.」 스퀼러가 말했다. 「충성과 복종이 더 중요합니다. 그리고 외양간 전투에 대해 말하면 스노볼의 역할이 지나치게 과장되었다는 사실이 밝혀질 때가 있을 것입니다. 동지들, 규율, 강철 같은 규율! 이것이 오늘의 표어입니다. 한 발자국이라도 잘못 움직이면 적들이 우리에게 달려들 것입니다. 존스가 되돌아오기를 원하지 않겠지요?」

이번에도 이런 논의에 아무도 반박할 수 없었다. 분명 동물들은 존스가 되돌아오기를 원하지 않았다. 만약 일요일 아침 토의를 여는 것이 존스를 되돌아오게 하는 일이라면 그런 토의는 중단되어야 한다. 복서는 이제 생각할 시간을 충분히 가졌으므로 전반적인 분위기를 다음과 같이 말했다.

「나폴레옹 동지가 그렇다고 말하면, 그건 옳습니다.」 그리고 이때부터 그는 〈더 열심히 일하자〉라는 좌우명에 〈나폴레옹 동지는 언제나 옳다〉라는 좌우명을 하나 더 채택했다.

이 무렵 날씨가 풀려 봄 쟁기질이 시작되었다. 스노볼이 풍차 건설 계획을 짰던 창고는 폐쇄되었고 마룻바닥에 그려졌던 설계도도 지워졌을 거라고 다들 생각했다. 일요일 아침 10시가 되면 동물들은 어김없이 큰 창고에 모여 그 주에 해야 할 일을 할당받았다. 이제 살점이 다 떨어져 나간 메이저 영감의 두개골은 과수원에서 파내 깃대 밑에 있는 그루터기 위에 총과 나란히 배치해 놓았다. 기를 게양한 후 동물들은 창고로 들어가기에 앞서 일렬로 두개골 앞을 행진하며 경의를 표했다. 요즈음 동물들은 예전처럼 전부 함께 모여 앉는 일이 없었다. 나폴레옹은 스퀼러와, 노래를 작곡하고 시를 짓는 데 탁월한 재능이 있는 미니무스라는 이름의 또 다른 돼지 한 마리와 함께 높은 연단 앞에 앉았고, 아홉 마리의 젊은 개들이 그 주위를 반원형으로 에워싸고 그 뒤에 다른 돼지들이 앉았다. 나머지 동물들은 창고 중앙에서 이들과 마주보며 앉아 있었다. 나폴레옹은 군인처럼 거친 목소리로 그 주에 수행할 명령들을 읽어 주었고 모든 동물들은 「영국의 짐승들」을 한 번 합창하고 해산했다.

스노볼이 쫓겨나고 세 번째로 맞은 일요일, 나폴레옹이 결국 풍차를 건설할 계획이라고 발표했을 때 동물들은 깜짝 놀랐다. 그는 마음을 바꾼 이유를 한마디도 말하지 않았다. 다만 이 특별한 사업은 엄청나게 힘이 들지도 모르며, 필요하다면 동물들에게 할당되는 식량까지도 줄일 수 있다고 경고만 할 뿐이었다. 그러나 그 계획은 마지막 세부 사항까지 모두 준비되어 있었다. 돼지들의 특별 위원회가 지난 3주 동안 이 문제를 연구해 왔던 것이다. 풍차 건설은 다른 여러 개량 사업과 함께 2년 정도 걸릴 예정이었다.

그날 저녁 스퀼러는 사적인 자리에서 사실 나폴레옹은 풍차 계획에 절대 반대한 것이 아니었다고 다른 동물들에게 설명해 주었다. 오히려 풍차 건설안을 맨 처음 내놓은 이는 다름 아닌 나폴레옹이고, 스노볼이 부화실 마룻바닥에 그려 놓은 설계도도 실은 나폴레옹의 서류에서 훔쳤다는 것이었다. 스퀼러는 사실 풍차 계획은 나폴레옹의 독창적인 아이디어라고 말했다. 그렇다면 왜 그가 그 계획을 그토록 강력하게 반대했느냐고 누군가가 물었다. 이 질문을 받은 스퀼러는 정말로 교활한 표정을 지었다. 나폴레옹 동지가 꾀를 내 의도적으로 그렇게 했다는 것이었다. 그는 나폴레옹이 풍차 계획에 반대하는 척한 것은 동물들에게 나쁜 영향을 끼치고 있던 위험 인물인 스노볼을 제거하기 위한 술책의 일환이었다고 말했다. 이제 스노볼이 사라졌기 때문에 그 계획은 그의 방해 없이 진행될 것이라고 했다. 그는 그게 이른바 전술이라는 것이라고 말했다. 그는 즐거운 웃음을 지으며 깡충깡충 뛰기도 하고 꼬리를 털기도 하면서 〈전술입니다, 동지들, 전술입니다!〉라고 여러 번 반복해서 말했다. 동물들은 그 말이 무슨 뜻인지 도무지 알 수가 없었다. 그러나 스퀼러가 워낙 설득력 있게 설명했고,

또 함께 있던 세 마리의 개가 위협적으로 으르렁거렸기 때문에 동물들은 더 이상 아무 질문도 못하고 그의 설명을 그대로 받아들여야 했다.

6

그해에 동물들은 줄곧 노예처럼 일했다. 그러나 그들은 일을 즐겼다. 자신이 하는 일이 모두 자신과 후손들의 이익을 위한 것이지 빈둥빈둥 놀면서 도둑질이나 일삼는 인간들을 위한 것이 아니라는 사실을 잘 알고 있었기 때문에, 어떠한 수고나 희생이 따르더라도 불만을 터뜨리지 않았다.

봄과 여름 내내 동물들은 1주일에 40시간씩 일을 했고, 8월이 되자 나폴레옹은 일요일 오후에도 일이 있을 것이라고 발표했다. 이 일은 전적으로 자발적인 것이었지만 참여하지 않는 동물은 누구든지 식량이 반으로 줄어들었다. 그렇게 일을 했는데도 어떤 일은 끝내 완수하지 못한 채 남겨두어야 했다. 수확은 지난해에 비해 다소 줄어들었고, 초여름에 근채류의 씨를 뿌렸어야 할 두 밭에는 쟁기질을 제때에 못해 아직 씨도 뿌리지 못했다. 다가올 겨울이 고달프리라는 것은 쉽게 예상해 볼 수 있었다.

풍차 건설은 예상치 못한 어려움에 부딪혔다. 농장에는 좋은 석회암 채석장이 하나 있었고 많은 모래와 시멘트가 헛간에서 발견되어 건설에 필요한 모든 재료가 준비되었다. 그러나 처음부터 동물들이 해결할 수 없었던 것은 어떻게 하면 돌을 적당한 크기로 자를 수 있는가 하는 문제였다. 한 가지, 곡괭이와 쇠지레를 쓰는 방법이 있었지만 동물들은 뒷다리로 설 수 없기 때문에 그런 도구를 사용할 수 없었다. 몇 주 동안 헛수고를 한 다음 누군가가 좋은 아이디어를 생각해 냈다. 다름 아닌 중력을 이용하는 방법이었다. 너무 커서 쓸모가 없는 거대한 돌들이 채석장 바닥 여기저기에 깔려 있었다. 동물들은 큰 돌을 밧줄에 묶은 다음 암소, 말, 양을 비롯해 밧줄을 잡을 수 있는 모든 동물들 — 결정적인 순간에는 돼지들까지도 합세했다 — 을 다 동원해서 온힘을 다해 느릿느릿 채석장 꼭대기까지 비탈길을 끌고 올라갔다. 거기서 아래로 굴리면 돌은 밑에서 여러 조각으로 부서졌다. 일단 잘게 부서진 돌은 운반하기가 비교적 쉬웠다. 말들은 마차로 운반했고 양들은 한 개씩 날랐으며 심지어 뮤리엘과 벤저민조차도 낡은 이륜마차를 끌며 자기 몫을 다했다. 여름이 다 지나갈 때쯤 돌은 충분히 쌓였고 돼지들의 감독하에 공사가 시작되었다.

그러나 이것은 더디고 만만찮은 과정이었다. 돌덩어

리 하나를 채석장 꼭대기까지 끌어올리는 데 온 힘을 다 쏟아 부어도 하루가 꼬박 걸릴 때가 있었으며 돌을 벼랑 가로 밀어 떨어뜨려도 깨지지 않을 때도 많았다. 무슨 일이든 복서가 없었더라면 할 수 없었을 것이다. 그의 힘은 다른 동물들의 힘을 모두 합친 것과 맞먹는 것 같았다. 돌덩이가 미끄러지기 시작하고 동물들이 언덕 아래로 질질 끌려 내려가는 것을 알고 절망적인 비명을 지를 때 밧줄을 팽팽히 잡아당겨 돌덩이가 더 이상 미끄러지지 않도록 막는 동물은 항상 복서였다. 미끄러지지 않게 발굽 끝으로 땅을 파 다리를 고정시키고 허리는 온통 땀으로 범벅이 된 채 가쁜 숨을 몰아쉬며 조금씩 비탈을 힘겹게 올라가는 그의 모습을 보면서 모든 동물들은 경탄을 아끼지 않았다. 클로버는 너무 무리하지 말라고 충고를 하기도 했지만, 복서는 그녀의 말을 들으려고 하지 않았다. 그의 두 좌우명인 〈더 열심히 일하자!〉와 〈나폴레옹 동지는 언제나 옳다〉가 그에게는 모든 질문에 대한 충분한 해답처럼 보였다. 그는 수탉에게 매일 아침 다른 동물보다 30분 일찍 깨우던 것을 45분 빨리 깨워달라고 부탁했다. 그리고 요즈음 그렇게 많진 않지만 그래도 쉴 틈이 생기면 혼자 채석장에 가서 부서진 돌덩이를 주워 모아 다른 동물들의 도움을 받지 않고 혼자서 풍차 건설 현장으로 끌고 갔다.

그해 여름 내내 일은 고달팠지만 동물들의 생활은 궁

핍하지 않았다. 존스 시대보다 더 많이 먹지는 못하더라도 적어도 식량이 그때보다 적은 편은 아니었다. 다섯 명의 사치스런 인간을 부양할 필요가 없이 동물들끼리만 먹으면 된다는 굉장한 이점이 있어서 아무리 실패를 하더라도 그것을 충분히 보상할 수 있었다. 그리고 여러 가지 면에서 동물들의 일하는 방식은 인간들보다 훨씬 효율적이고 노동력도 더 많이 절약되었다. 예를 들어 잡초를 뽑는 일은 인간이라면 불가능했을 정도로 철저하게 진행되었다. 그리고 이제 동물들은 도둑질을 하지 않기 때문에 목장과 경작지 사이에 울타리를 칠 필요가 없었다. 덕분에 울타리와 문을 유지하는 데 드는 상당한 노동력을 절약할 수 있게 되었다. 하지만 여름이 서서히 지나는 동안 여러 가지 예기치 못한 것들이 필요해지기 시작했다. 파라핀유, 못, 끈, 개 먹이 비스킷, 말발굽에 박을 징 등이 필요했지만 어떤 것도 농장에서 만들 수가 없었다. 얼마 후면 여러 가지 도구를 비롯해 씨앗과 인공 비료는 물론이고, 결국 풍차에 사용될 기계도 필요하게 될 것이었다. 이런 것들을 어떻게 마련할 것인가에 대해서는 아무도 알지 못했다.

어느 일요일 아침, 동물들이 작업 명령을 받기 위해 모였을 때 나폴레옹은 새로운 정책 하나를 결정했다고 발표했다. 이제부터 동물 농장은 이웃 농장과 거래를 하는데, 그 목적은 물론 돈벌이가 아니라 긴급히 필요한 물자들을 확보하는 것이다. 풍차 건설에 필요한 물자는 다른 모든 것에 우선한다. 그러므로 건초 더미와 금년에 수확한 보리의 일부를 팔기로 하고, 만약 그 후에 돈이 더 필요하면 항상 장이 서는 윌링던에 가서 달걀을 팔아 보충하면 된다고 그가 말했다. 나폴레옹이 말하기를, 암탉들은 풍차 건설에 특별한 기여를 하려면 이런 희생쯤은 즐겁게 받아들여야 한다는 것이었다.

동물들은 막연하나마 다시 한 번 불안감에 휩싸였다. 인간들과는 절대로 거래하지 않는다, 절대로 장사하지 않는다, 절대로 돈을 사용하지 않는다. 이것들은 존스를 쫓아내고 난 후 승리감에 차서 개최한 첫 회의 때 통과된 첫 결의안이 아니었던가? 모든 동물들은 이런 결의안이 통과되었던 사실을 기억하고 있었다. 아니, 적어도 기억하고 있다고 생각했다. 나폴레옹이 회의를 폐지했을 때 항의했던 네 마리의 젊은 돼지들이 이번에도 머뭇머뭇하며 이의를 제기해 보았지만 개들이 이빨을 드러내며 으르렁거리는 바람에 곧 입을 다물고 말았다. 그리고 여느 때처럼 양들이 〈네 다리는 좋고 두 다리는 나쁘다〉라고 합창을 해 어수선한 분위기가 이내 사라졌다. 마침내 나폴레옹은 앞발을 들어 조용히 하라고 몸짓을 한 뒤 자기가 이미 모든 준비를 해놓았다고 발표했다. 어떤 동물도 인간과 접촉할 필요가 없으며, 그것은 분명 크게 바람직하지 못하다는 것이었다. 따라서 그 문제는 나폴레옹 자신이 직접 책임을 지겠다고 말했다. 윌링던에 살고 있는 휨퍼라는 사무 변호사가 동물 농장과 외부 세계 사이의 중개자 역할을 하기로 합의했고 지시를 받기 위해 매주 월요일 아침에 농장에 오기로 되어 있었다. 나폴레옹은 평상시와 마찬가지로 〈동물 농장 만세!〉를 외치며 연설을 끝냈고, 동물들은 「영국의 짐승들」을 합창한 뒤 흩어졌다.

그 후 스퀼러는 농장을 돌아다니며 동물들을 안심시켜 주었다. 그는 동물들에게 인간들과 거래해서는 안 된다느니, 돈을 사용해서는 안 된다느니 하는 그런 결의안은 통과된 적이 전혀 없고, 심지어 제안조차 한 적이 없다고 잘라 말했다. 그것은 순전히 공상이며 어쩌면 맨 처음 스노볼의 입에서 나온 거짓말이 퍼진 것인지도 모른다고 말했다. 그래도 몇몇 동물들이 막연하게나마 의심을 품자 스퀼러는 그들에게 날카로운 질문을 했다. 「동지들, 그거 혹시 꿈꾼 이야기 아닙니까? 그런 결의안이 어디에라도 있습니까? 그런 기록이 어디에 씌어 있습니까?」 그런 기록이 문서로 존재하지 않는다는 것이 분명해지자 동물들은 자기들이 잘못 생각하고 있었다는 사실에 안심했다.

월요일마다 휨퍼 씨는 약속대로 농장을 방문했다. 그는 구레나룻을 기른 교활해 보이는 작은 체구의 사무 변호사로 그의 사업 규모는 그다지 크지 않았다. 그러나 동물 농장이 곧 중개인이 필요해지고 수수료도 짭짤할 것이라는 정보를 누구보다 먼저 알아차릴 정도로 눈치가 빠른 사람이었다. 동물들은 두려움에 찬 눈으로 그가 농장을 들락거리는 것을 지켜보았으며 될 수 있으면 그의 곁에 가지 않으려 했다. 하지만 네 다리로 선 나폴레옹이 두 다리로 서 있는 휨퍼에게 지시하는 장면을 보자 동물들은 우쭐하는 자부심이 생겼고 인간들과의 새로운 관계에 대해서도 어느 정도 인정을 하게 되었다. 이제 인간들과 동물들의 관계는 예전 같지 않았다. 물론 동물 농장이 번영하고 있다고 해서 그에 대한 인간들의 증오가 줄어든 것은 아니었다. 오히려 더 강해졌다. 모든 사람들이 동물 농장은 곧 망할 것이고, 무엇보다 풍차 건설은 실패로 돌아갈 것이라고 확신했다. 그들은 술집에 모여 앉아 풍차는 반드시 무너질 것이고, 설령 세워진다 하더라도 작동되는 일은 절대 없을 것이라고 그림을 그려 가며 서로에게 증명해 보였다. 그렇지만 인간들은 동물들이 농장 일을 아주 효율적으로 경영해 가는 데 대해서는 내키진 않지만 어떤 존경심을 갖게 되었다. 그 한 가지 징표로 그들은 매너 농장이라고 부르는 대신 정식 명칭인 동물 농장으로 부르기 시작했다. 그들은 또 존스가 농장을 다시 찾겠다는 희망을 포기하고 다른 곳에 가 살고 있었기 때문에 더 이상 그를 옹호하지도 않았다. 휨퍼를 중개인으로 한 것 말고 동물 농장과 외부 세계 사이에 체결된 계약은 아직 없었지만, 나폴레옹이 폭스우드 농장의 필킹턴 씨나 핀치필드 농장의 프레더릭 씨 중 한 명 — 이 두 명과 동시에 거래하는 일은 절대 없을 것이라고 알려졌다 — 과 어떤 결정적인 거래를 하려 한다는 소문이 끊임없이 나돌았다.

이 무렵 돼지들은 갑자기 농장 본채로 이사해 거기서 거주하게 되었다. 다시 한 번 동물들은 어떤 동물도 집 안에서는 살 수 없다는 결의안이 통과되었다는 사실을 기억하는 것 같았다. 그러자 이번에도 스퀼러가 그런 경우가 아니라고 동물들을 납득시켰다. 그는 농장에서 두뇌를 쓰는 돼지들은 조용히 일할 곳이 반드시 필요하다고 말했다. 게다가 돼지우리보다 집에 기거하는 것이 지도자(최근에 그는 나폴레옹을 언급할 때 항상 〈지도자〉라는 칭호를 붙였다)의 위엄에도 잘 어울린다고 덧붙였다. 하지만 몇몇 동물들은 돼지들이 부엌에서 식사를 하고 응접실을 오락실로 사용할 뿐 아니라 침대에서 잠을 잔다는 말을 들었을 때 마음이 혼란스러웠다. 복서는 여느 때처럼 〈나폴레옹은 항상 옳다〉는 생각으로 넘어갔지만, 어떤 동물도 침대에서 자서는 안 된다는 규율을 뚜렷이 기억하는 클로버는 창고 끝으로 가서 거기에 적혀 있는 7계명을 찾아보려고 했다. 그녀는 개별 글자밖에는 몰랐기 때문에 뮤리엘을 데리고 갔다.

「뮤리엘, 네 번째 계명을 읽어 봐. 침대에서 자서는 안 된다고 씌어 있지 않아?」

뮤리엘은 다소 어려운지 한 자 한 자 또박또박 읽어 나갔다.

「〈어떤 동물도 시트를 깔고 침대에서 자서는 안 된다〉고 씌어 있어.」 그녀가 말했다.

어찌된 일인지 클로버는 네 번째 계명에 시트라는 말이 언급되어 있었다는 것을 기억할 수 없었다. 하지만 벽에 그렇게 씌어 있었으므로 믿을 도리밖에 없었다. 그때 개 두 마리를 데리고 우연히 그 옆을 지나가던 스퀼러가 그 문제를 제대로 설명해 줄 수 있었다.

「동지들, 여러분은 우리 돼지들이 요즘 본채의 침대에서 잔다는 말을 들었지요? 그렇게 하면 안 됩니까? 그렇게 하지 말라는 법이 있다고 생각하는 건 아니겠지요? 침대는 그저 잠을 자는 장소에 불과합니다. 외양간에 있는 짚 더미도 정확히 말하면 침대입니다. 우리의 규칙은 인간이 만든 시트를 사용해서는 안 된다는 것입니다. 우리는 본채의 침대에서 시트를 없애 버리고 담요 속에서 자고 있습니다. 역시 편안한 침대죠. 그러나 동지들, 요즈음 우리가 하는 정신노동을 생각할 때 우리는 그렇게 편안한 것이 아닙니다. 동지들, 여러분은 우리의 휴식을 빼앗으려고 하지 않겠지요? 우리를 피곤하게 해서 의무를 다하지 못하게 만들지 않겠지요? 분명히 존스가 되돌아오길 바라는 동물은 아무도 없겠지요?」

동물들은 그 자리에서 절대 그런 것이 아니라고 스퀼러를 안심시켜 주었고 돼지들이 본채의 침대에서 자는 것을 두고 더 이상 말하지 않았다. 그로부터 며칠 후, 돼지들이 이제부터 다른 동물들보다 1시간 늦게 일어날 것이라고 발표했을 때도 동물들은 아무런 불평도 하지 않았다.

  가을이 다가왔을 때 동물들은 지쳐 있었지만 그래도 행복했다. 힘든 1년이었다. 건초와 옥수수도 일부를 내다팔아서 겨울 식량이 결코 넉넉한 형편이 아니었지만, 풍차가 모든 것을 보상해 주었다. 풍차는 이제 거의 절반 정도 완성되었다. 가을 추수가 끝나고 맑고 건조한 날씨가 계속되었다. 동물들은 어느 때보다 더 열심히 일했다. 풍차 벽을 조금이라도 더 높이 쌓을 수 있다면 하루 종일 쉴 틈도 없이 부지런히 돌덩이를 날라도 정말 보람 있는 일이라 생각했다. 복서는 밤에도 나와서 가을 달빛을 받으며 한두 시간 혼자서 일을 하곤 했다. 잠시 쉬는 시간이라도 생기면 동물들은 반쯤 완성된 풍차 주위를 돌아다니며 깎아지른 벽면의 튼튼함에 탄성을 올리고 자기들이 어떻게 이렇게 당당한 건물을 지을 수 있었는가에 대해 놀라움을 금치 못했다. 오직 벤저민 영감만이 풍차에 열의를 보이지 않았으며, 여느 때처럼 당나귀는 오래 산다는 이해할 수 없는 말만 지껄일 뿐 아무 말도 하려 하지 않았다.

11월이 다가오자 남서풍이 맹렬히 불어왔다. 날씨가 너무 습해 시멘트를 섞을 수 없었기 때문에 공사를 중단해야 했다. 어느 날 밤 강풍이 심하게 불어 급기야 농장 건물들이 심하게 흔들거렸고 지붕의 기왓장이 몇 개 떨어져 나갔다. 암탉들은 모두 멀리서 총 쏘는 소리가 들려오는 꿈을 거의 동시에 꾸었기 때문에 소리를 지르며 잔뜩 겁에 질려 있었다. 아침이 되어 동물들이 우리에서 나와 보니 게양대가 넘어져 있었고 과수원 아래쪽의 느릅나무 한 그루가 무처럼 뽑혀 있었다. 이 광경을 보자 절망에 찬 울부짖음이 모든 동물들의 목구멍에서 터져 나왔다. 게다가 그들의 눈에 실로 끔찍한 장면이 하나 더 들어왔다. 풍차가 무너진 것이었다.

동물들은 일제히 현장으로 달려갔다. 좀체 뛰는 법이 없는 나폴레옹이 앞장서 달렸다. 정말로 풍차가 쓰러져 있었다. 그들 모두의 투쟁의 열매인 풍차가 바닥까지 부서져 있었고 그들이 그렇게 힘들여 부수어서 운반했던 돌들이 산산조각으로 주변에 흩어져 있었다. 처음엔 아무 말도 못하고 무너져 버린 돌 더미를 그저 비통한 표정으로 바라보고 있었다. 나폴레옹은 땅에 코를 대고 킁킁대며 냄새를 맡기도 하면서 조용히 앞뒤로 왔다 갔다 했다. 그의 꼬리가 굳어져 좌우로 심하게 흔들거렸다. 이것은 그가 강력한 정신 활동을 하고 있다는 표시였다. 갑자기 그는 결심이라도 한 듯 발을 멈추었다.

「동지들! 누가 이런 짓을 했는지 알고 있습니까? 밤중에 들어와 우리의 풍차를 무너뜨린 적을 알고 있습니까? 바로 스노볼입니다!」 그는 조용히 말했다. 그러다 갑자기 목소리를 천둥소리처럼 높였다. 「스노볼의 소행입니다! 앙심을 품은 그 반역자가 우리의 계획을 망쳐 놓고 이곳에서 불명예스럽게 추방당한 것에 복수를 한 것입니다. 그 반역자는 밤에 몰래 이곳에 기어 들어와 우리가 1년 동안이나 피땀 흘려 세운 풍차를 이렇게 파괴했습니다. 동지들, 난 이 자리에서 스노볼에게 사형을 선고합니다. 그자를 죽이는 동물에게는 〈동물 영웅 이등 훈장〉과 함께 사과 15킬로그램을, 생포하는 자한테는 역시 훈장과 사과 30킬로그램을 주겠습니다!」

동물들은 스노볼까지 이런 범죄를 저질렀다는 사실에 참을 수 없는 큰 충격을 받았다. 분노에 찬 외침 소리가 들려왔으며 동물들은 각자 만약 스노볼이 돌아온다면 어떻게 그를 잡을 것인지에 대해 생각하기 시작했다. 이와 거의 동시에 돼지 한 마리의 발자국이 둔덕에서 약간 떨어진 풀밭에서 발견되었다. 그 발자국은 고작 몇 미터만 나 있었지만 울타리 구멍으로 이어져 있는 것처럼 보였다. 나폴레옹은 발자국의 냄새를 킁킁대며 열심히 맡아 본 뒤 스노볼의 발자국이라고 외쳤다. 그는 스노볼이 틀림없이 폭스우드 농장 쪽에서 왔다고 말했다.

발자국을 조사한 뒤 나폴레옹은 외쳤다. 「동지들, 더

이상 지체해서는 안 됩니다! 우리에겐 할 일이 있습니다. 바로 오늘 아침부터 다시 풍차를 건설합시다. 날씨가 좋건 비가 오건 하루도 거르지 않고 겨울 동안 공사를 계속할 것입니다. 우리 일을 그렇게 쉽사리 망칠 수 없다는 것을 저 못된 배신자에게 가르쳐 줍시다. 동지들, 우리 계획에는 어떠한 변경도 있을 수 없다는 것을 기억하시오. 풍차가 완성되는 그날까지 밀고 갈 것이오. 동지들! 전진합시다. 풍차 만세! 동물 농장 만세!」

7

 그해 겨울은 살을 에는 듯이 추웠다. 바람이 세차게 불다가 눈이 내리고 진눈깨비가 흩날리는 날씨로 이어졌다. 그러다가 또 된서리가 내리고 얼어붙은 얼음은 2월이 다 가도록 녹지 않았다. 동물들은 풍차 재건 공사에 온힘을 쏟아 붓고 있었다. 그들은 외부 세계에서 자신들을 주시하고 있고, 만약 풍차가 제때 건설되지 않으면 질투심 많은 인간들이 고소해하며 즐거워할 거라는 사실을 너무나 잘 알고 있었다.
 악의에 찬 인간들은 풍차를 파괴한 자가 스노볼이라는 사실을 일부러 믿지 않는 척했고 쌓아올린 벽이 너무 얇아서 풍차가 무너졌다고 말했다. 동물들은 그래서가 아니란 걸 알고 있었다. 하지만 동물들은 이번에는 전에 쌓았던 45센티미터보다 훨씬 두꺼운 90센티미터로 쌓기로 결정했다. 그렇게 하기 위해선 엄청나게 많은 돌덩이를 모아야 했다. 채석장에는 오랫동안 눈이 쌓여 있어 아무것도 할 수 없었다. 그 후 서리가 내린 건조한 날씨 동안에는 진척이 좀 있었지만 일은 가혹했고 동물들은 예전처럼 일에 희망을 느낄 수가 없었다. 그들은 항상 추웠고 늘 배가 고팠다. 복서와 클로버만이 낙심하지 않았다. 스퀼러는 봉사의 즐거움과 노동의 신성함에 대해 탁월한 연설을 했지만 다른 동물들은 그의 연설보다는 복서의 힘과 〈더 열심히 일하자!〉라는 그의 변함없는 외침 소리에서 더 큰 격려를 받았다.

1월이 되자 식량이 바닥나기 시작했다. 옥수수 배급량은 급격히 줄어들었고 그것을 보충하기 위해 감자가 더 배급될 것이라는 발표가 있었다. 그런데 감자 더미에 흙을 충분히 덮어 놓지 않은 탓에 서리를 맞아 감자의 대부분이 얼어 버렸다. 감자는 물렁물렁해지고 변색이 되어 먹을 수 있는 것이라곤 정말 조금밖에 없었다. 동물들은 며칠 동안 여물과 당상치만을 먹었다. 굶주림이 그들의 얼굴을 노려보고 있는 것 같았다.

이런 사실을 외부 세계에 들키지 않도록 하는 것이 무엇보다 필요했다. 풍차가 붕괴됐다는 소식에 힘을 얻은 인간들은 동물 농장에 대해 새로운 거짓말을 만들어 내고 있었다. 동물들은 전부 굶주리고 병들어 죽어 가고, 자기들끼리 싸움질을 일삼고, 서로를 잡아먹고 새끼들을 죽인다는 소문을 다시 한 번 퍼뜨렸다. 나폴레옹은 실제 식량 사정이 외부에 알려지면 나쁜 결과가 올 수 있음을 잘 알았기 때문에 휨퍼 씨를 이용해 정반대의 소문을 퍼뜨리기로 작전을 세웠다. 지금까지 동물들은 매주 한 번 방문하는 휨퍼와 접촉을 거의 안 하거나 아예 안 했다. 그러나 이제는 대부분 양들로 구성된, 몇몇 선발된 동물들이 그가 듣는 자리에서 식량 배급이 늘어났다는 말을 자연스럽게 하라는 지시를 받았다. 게다가 나폴레옹은 식량 저장 창고의 거의 텅 비어 있는 식량통에 모래를 가득 채우고 그 위를 조금 남아 있는 곡식과 밀기울로 살짝 덮어 두라고 명령했다.

나폴레옹은 적당한 구실을 달아 휨퍼를 식량 저장 창고로 데리고 가서 수북한 식량통들을 보게 했다. 그는 속아 넘어갔고 동물 농장에 식량 부족 같은 일은 없다고 외부 세계에 계속 알렸다.

그렇지만 1월이 끝나 갈 무렵에는 어딘가에서 곡식을 구해 오지 않으면 안 되었다. 그즈음 나폴레옹은 공개석상에는 거의 나타나지 않고 본채에 틀어박혀 지냈다. 집 문마다 사납게 생긴 개들이 지키고 있었다. 그가 집 밖으로 나올 때면 그것은 꼭 무슨 의식 같아 보였다. 여섯 마리의 개들이 그 옆에 바싹 붙어 호위를 했고 누군가가 접근이라도 할라치면 으르렁거렸다. 그는 자주 일요일 아침 회의에 나타나지 않았고 다른 돼지, 대개는 스퀼러를 시켜 자신의 명령을 전달했다.

어느 일요일 아침, 스퀼러는 알을 낳으러 닭장에 막

들어온 암탉들에게 달걀을 내놓아야 한다고 발표했다. 나폴레옹은 휨퍼의 중개로 매주 달걀 4백 개를 팔기로 계약을 맺었는데, 달걀을 판 돈으로 곡물과 밀기울을 구입해 형편이 나아지는 여름까지 농장을 끌고 가겠다는 것이었다.

암탉들이 이 말을 듣고 소리를 지르며 반기를 들었다. 그들은 이런 희생이 있을지도 모른다고 일찍부터 통고를 받았지만 그것이 현실로 다가오리라고는 생각하지 않았다. 그들은 봄 병아리를 까기 위해 알들을 막 품고 있었고, 그런 달걀들을 가져간다는 것은 살육 행위라고 항의했다. 존스가 쫓겨난 이후 처음으로 반란 비슷한 것이 일어났다. 암탉들은 세 마리의 젊은 검정 미노르카 암탉들의 지휘로 나폴레옹의 요구를 물리치기 위해 단호하게 행동했다. 그들은 서까래 위로 날아가서 거기서 알을 낳아 바닥에 던져 깨뜨리는 방법을 썼다. 나폴레옹은 신속하고 무자비한 조치를 내렸다. 그는 암탉들의 식량 배급을 중단하라고 명령을 내렸고 그들에게 옥수수 한 알이라도 주는 동물은 죽음을 면치 못할 것이라고 엄포를 놓았다. 개들은 이 명령이 지켜지는지를 감시했다. 결국 암탉들은 닷새를 버티다가 항복하고 닭장으로 돌아갔다. 그러는 사이 암탉 아홉 마리가 죽었다. 그들의 시체는 과수원에 묻혔고 사인은 콕시디아병으로 발표되었다. 휨퍼는 이 사건에 대해 아무것도 몰랐고, 식료 잡화상의 마차가 1주일에 한 번씩 농장에 와서 약속대로 달걀을 실어 갔다.

그러는 동안 스노볼의 모습은 더 이상 보이지 않았다. 폭스우드 농장이나 핀치필드 농장에 그가 숨어 지낸다는 소문이 돌았다. 그 무렵 나폴레옹과, 이웃하는 두 농장 주인들과의 관계는 전보다 약간 좋아졌다. 마침 농장 마당에는 10년 전 너도밤나무 숲을 벌목할 때 쌓아 두었던 목재 한 더미가 있었다. 그것은 잘 건조되어 있어서 휨퍼는 나폴레옹에게 그것을 팔 것을 권했다. 필킹턴과 프레더릭 두 사람 다 그것을 사고 싶어 했다. 나폴레옹은 누구에게 팔지 우물쭈물거리며 결정을 내리지 못하고 있었다. 그가 프레더릭과 계약을 하려고 하면 스노볼이 폭스우드 농장에 숨어 있다는 소문이 들렸고, 또 필킹턴과 계약을 하겠다고 마음이 기울면 스노볼이 핀치필드 농장에 숨어 있다는 이야기가 떠돌았다.

이른 봄에 갑자기 깜짝 놀랄 만한 사실이 밝혀졌다. 스노볼이 밤을 틈타 농장에 몰래 수도 없이 들락거렸다는 것이다. 동물들은 밤에 잠을 이루지 못하고 불안에 떨었다. 소문에 따르면 그는 밤마다 어둠을 틈타 잠입하여 옥수수를 훔치고, 우유통을 뒤엎고, 달걀을 깨고, 묘목을 짓밟고, 과일나무의 껍질을 갉아 벗겨 놓는 등 온갖 악행을 저질렀다. 그 후로 좋지 않은 일이 발생하면 무조건 스노볼에게 혐의를 뒤집어씌웠다. 유리창이 깨지거나 배수구가 막혀도 누군가가 스노볼이 밤에 와서 그렇게 했다고 말했고, 식량 저장 창고의 열쇠가 분실되어도 농장 전체는 스노볼이 그것을 우물에 던져 버렸다고 믿었다. 참 이상하게도 그 잃어버린 열쇠가 밀기울 부대 밑에서 발견되더라도 동물들은 여전히 그렇게 믿었다. 암소들은 스노볼이 외양간에 잠입해 자기들이 잠든 사이에 우유를 짜갔다고 이구동성으로 주장했다. 그해 겨울 말썽을 피워 대던 쥐들은 스노볼과 한 패라는 소문이 나돌기도 했다.

나폴레옹은 스노볼의 행적을 철저히 조사하겠다고 선포했다. 그는 개들을 대동하고 나타나 농장 건물들을 샅샅이 수색했고 다른 동물들은 경의의 표시로 일정한 거리를 두고 그 뒤를 따랐다. 나폴레옹은 서너 발자국 걷다가 멈추어 서서 스노볼의 발자국 흔적을 찾기 위해 킁킁거리며 땅 냄새를 맡았는데, 그는 냄새로 그 흔적을 다 찾을 수 있다고 말했다. 그는 헛간, 외양간, 닭장, 채소밭 할 것 없이 농장 구석구석의 냄새를 맡았고 거의 모든 곳에서 스노볼의 흔적을 찾아냈다. 그는 주둥이를 땅에 대고 몇 번이나 킁킁거리며 깊숙이 냄새를 맡고는 무서운 목소리로 〈스노볼이야! 그놈이 이곳에 왔어! 분명히 냄새가 나!〉라고 외쳤다. 〈스노볼〉이라는 말이 나올 때마다 개들은 이빨을 드러내며 등골이 오싹할 정도로 으르렁거렸다.

동물들은 완전히 겁에 질려 있었다. 스노볼이 마치 어떤 신통력을 부려 남들이 볼 수 없는 모습으로 둔갑한 다음 주위의 공기 속을 떠다니며 자신들을 위협하는 것 같았다. 저녁 무렵 스퀼러는 동물들을 모아 놓고 놀란 표정을 지으며 중대한 소식을 발표하겠다고 말했다.

스퀼러는 다소 흥분하여 이리저리 뛰어다니며 말했다. 「동지들! 아주 놀라운 사실 하나가 밝혀졌습니다. 스노볼이 우리를 공격해서 농장을 다시 빼앗으려고 음모를 꾸미고 있는 핀치필드 농장의 프레더릭 편에 붙었습니다. 스노볼은 공격이 시작되면 안내자 역할을 할 거라고 합니다. 그러나 그보다 더 나쁜 소식이 있습니다. 우리는 스노볼의 반란이 단순히 그의 허영심과 야심에서 비롯된 것이라고 생각해 왔습니다. 그러나 동지들, 우리는 잘못 생각하고 있었습니다. 진짜 이유가 무엇인지 알고 있습니까? 스노볼은 처음부터 존스와 한패였습니다. 그는 줄곧 존스의 첩자였던 것입니다. 그가 달아나면서 남긴 문서가 모든 것을 증명하고 있습니다. 우리는 최근에야 그 문서를 찾았습니다. 동지 여러분, 내 생각에 이로써 모든 내막이 설명된 것 같습니다. 다행히 성공을 거두진 못했지만 그가 〈외양간 전투〉에서 우리에게 패배와 파멸을 안겨 주려고 무슨 짓을 했는지 이제는 분명히 알지 않았습니까?」

동물들은 경악했다. 이것은 스노볼이 풍차를 파괴한

것보다 더 사악한 범죄였다. 그러나 그들은 얼마간의 시간이 지난 뒤에야 스퀼러의 설명을 완전히 받아들일 수 있었다. 동물들 모두는 스노볼이 〈외양간 전투〉 때 어떻게 선두에 서서 공격했는지 똑똑히 보았다. 그리고 모든 고비 때마다 그가 얼마나 자신들을 결집시키고 자신들에게 용기를 주었는지, 또 존스가 쏜 총에 맞아 등에 상처를 입었을 때도 어떻게 한 치의 흐트러짐 없이 결연하게 싸웠는지를 기억했다. 아니 기억하는 것 같았다. 동물들은 처음에 스노볼이 그토록 용감한 행동을 했는데 그가 존스 편에 섰다니 무슨 뜻인지 도무지 종잡을 수가 없었다. 좀체 질문을 하지 않는 복서조차 당황했다. 그는 앞발을 구부리고 앉아 눈을 감고 자신의 생각을 정리하려고 애썼다.

그가 말했다. 「그럴 리가 없습니다. 스노볼은 외양간 전투 때 용감하게 싸웠습니다. 제가 직접 보았습니다. 전투가 끝난 직후 〈동물 영웅 일등 훈장〉을 그에게 수여하지 않았습니까?」

「동지, 그게 바로 우리의 실수였소. 이제야 다 알게 되었소. 우리가 찾은 이 비밀문서에 다 적혀 있소. 사실 그는 우리의 파멸을 기도(企圖)하고 있었소.」

「하지만 그는 부상을 당했습니다. 우리는 모두 그가 피를 철철 흘리는 모습을 보았습니다.」 복서가 말했다.

스퀼러가 외쳤다. 「그것도 다 그의 계략의 일부였소!

존스의 총알은 가볍게 스쳐 지나갔을 뿐이오. 당신들이 읽을 수 있다면 그가 직접 쓴 이 문서를 보여 줄 수도 있소. 결정적인 순간에 후퇴 신호를 보내 적에게 이 농장을 넘겨주려고 한 것이 그의 음모였소. 그리고 거의 성공할 뻔했소. 동지들, 우리의 영웅적 지도자인 나폴레옹 동지가 없었더라면 그의 기도는 성공했을 것이라고 감히 말하고 싶소. 여러분은 존스 일당이 마당에 들이닥쳤을 때 스노볼이 갑자기 몸을 돌려 달아나기 시작했고 많은 동물들이 그 뒤를 따라 도망쳤던 것을 기억하지 않소? 그리고 대혼란이 일어나고 모든 게 끝났다고 생각되던 바로 그 순간 나폴레옹 동지가 〈인간에게 죽음을!〉이라고 외치며 앞으로 돌진해 존스의 다리를 물어뜯었던 것을 기억하지 않소? 동지들, 분명히 기억하고 있겠지요?」 스퀄러가 깡충깡충 뛰어다니며 외쳤다.

스퀄러가 그 장면을 너무 생생히 묘사하자 동물들은 그것이 기억나는 듯했다. 어쨌든 그들은 전투의 중요한 순간에 스노볼이 몸을 돌려 달아났다는 사실을 기억했다. 복서는 여전히 마음이 편하지 않았다.

마침내 그가 입을 열었다. 「난 스노볼이 처음부터 반역자였다고는 생각하지 않습니다. 그가 나중에 한 행동은 어떨지 몰라도 말입니다. 그러나 〈외양간 전투〉에서는 훌륭한 동지였다고 생각합니다.」

스퀄러는 아주 느리지만 확고하게 말했다. 「우리의

지도자 나폴레옹 동지는 스노볼이 처음부터, 그렇소, 반란이 구상되기 오래전부터 이미 존스의 첩자였다고 단호히 말했소.」

복서가 말했다.「아, 그렇다면 이야기는 다르죠! 만약 나폴레옹 동지가 그렇게 말했다면, 그건 틀림없이 옳습니다.」

「동지! 동지의 생각은 참으로 훌륭하오.」스퀼러가 외쳤다. 그러나 그의 작고 반짝거리는 두 눈은 복서를 아주 험악하게 노려보고 있었다. 그는 돌아서서 가다가 잠시 멈추어 서서 의미심장하게 몇 마디 덧붙였다.「경고하건대 이 농장 동물들은 눈을 똑바로 뜨고 있으시오. 스노볼의 첩자들이 지금 이 순간에도 우리 사이에 숨어 있다고 생각할 만한 근거가 있으니까!」

그로부터 나흘이 지난 날 오후 늦게 나폴레옹은 동물들에게 모두 마당에 모이라고 명령했다. 동물들이 다 모이자 나폴레옹은 두 개의 훈장을 달고(그는 최근 자신에게 〈동물 영웅 일등 훈장〉과 〈동물 영웅 이등 훈장〉을 수여했다) 본채에서 나타났다. 그리고 덩치 큰 아홉 마리의 개들이 그 주위를 뛰어다니며 으르렁거리자 모든 동물들은 겁이 나 등골이 오싹해졌다. 동물들은 어떤 무서운 일이 일어나리라는 걸 예감하기라도 한 듯 모두 말없이 제자리에 웅크리고 앉아 있었다.

나폴레옹은 근엄하게 서서 동물들을 둘러본 뒤 날카

롭게 소리를 질렀다. 즉시 개들이 앞으로 달려 나와 돼지 네 마리의 귀를 물고 나폴레옹의 발아래까지 끌고 왔다. 돼지들은 고통과 공포로 꽥꽥 비명을 질렀으며 귀에서는 피가 흘렀다. 피 맛을 본 개들은 잠깐 동안 미친 것처럼 보였다. 개 세 마리가 복서에게 덤벼드는 걸 보고 동물들은 모두 깜짝 놀랐다. 그들이 덤벼들자 복서는 커다란 발굽을 내밀어 그중 한 마리를 공중에서 낚아채 땅바닥에 짓눌렀다. 그 개는 살려 달라고 비명을 질렀고 다른 두 마리는 다리 사이로 꼬리를 감추고 달아나 버렸다. 복서는 개를 깔아뭉개 죽일지 살릴지 알려 달라는 눈빛으로 나폴레옹을 쳐다보았다. 나폴레옹은 얼굴색이 변하는 듯하더니 이내 날카로운 목소리로 복서에게 개를 놓아 주라고 명령했다. 이에 복서는 발굽을 들어 올렸고 몸에 약간 상처를 입은 개는 울부짖으며 급히 그곳에서 달아났다.

이윽고 소란이 가라앉았다. 네 마리의 돼지들은 몸을 부들부들 떨면서 기다리고 있었는데 그들의 얼굴 윤곽마다 죄상이 낱낱이 씌어 있는 것 같았다. 나폴레옹은 그들에게 죄를 자백하라고 다그쳤다. 그들은 일요 회의를 폐지했을 때 항의를 하던 바로 그 네 마리의 돼지들이었다. 더 이상의 추궁이 있기 전에 그들은 스노볼이 추방된 이래 줄곧 그와 비밀리에 접촉해 왔고 그와 공모해서 풍차를 파괴했으며 동물 농장을 프레더릭 씨에게 넘겨주기로 그와 협정했다고 자백했다. 또 스노볼이 자기가 지난 몇 년간 존스의 첩자였다고 자신들에게 슬며시 인정했다고도 덧붙였다. 자백을 마치자 개들은 즉시 그들의 목을 물어뜯었고 나폴레옹은 무시무시한 목소리로 다른 동물들에게도 자백할 것이 없느냐고 다그쳤다.

그러자 달걀 문제로 반란을 주도했던 암탉 세 마리가 앞으로 나오더니, 스노볼이 꿈에 나타나 나폴레옹의 명령에 불복하도록 선동했노라고 진술했다. 그들 역시 처형되었다. 그다음 거위 한 마리가 앞으로 나와 지난해 추수 때 옥수수 여섯 알을 숨겨 놓았다가 밤에 몰래 먹었다고 자백했다. 그리고 양 한 마리는 우물에 오줌을 누었다고 자백했는데, 스노볼이 시켜서 그랬다는 것이었다. 그리고 다른 두 마리의 양은 나폴레옹의 헌신적 숭배자인 늙은 숫양이 기침으로 고생하고 있을 때 그를 모닥불 주위로 빙글빙글 몰아 죽였다고 자백했다. 그들은 모두 그 자리에서 즉시 처형되었다. 자백과 처형은 이런 식으로 계속되었고, 마침내 시체가 나폴레옹의 발 앞에 산더미처럼 쌓여 피비린내가 사방에 진동했다. 이 끔찍한 사건은 존스의 추방 이후 처음 있는 일이었다.

처형이 모두 끝나자 남은 동물들은 돼지와 개를 제외하고 모두 한데 모여 슬금슬금 마당을 빠져나갔다. 그들은 몸이 벌벌 떨렸고 비참한 심정이 들었다. 그들은 스노볼과 공모한 동물들의 배신과 그들이 막 목격한 참혹한 보복 중 어느 것이 더 충격적인지 알 수 없었다. 옛날에도 이와 비슷한 끔찍스러운 도살 장면들이 있었지만, 이번 사건은 동물들 사이에서 벌어진 일이었기 때문에 그들이 볼 때 훨씬 더 참혹한 것 같았다. 존스가 농장에서 추방당한 이후 이날까지 어떤 동물도 다른 동물을 죽인 적이 없었다. 심지어 쥐 한 마리도 죽이지 않았다. 그들은 풍차가 절반쯤 완성되어 있는 작은 둔덕으로 올라가 마치 몸을 따뜻하게 하기 위해 웅크린 것처럼 한 덩어리가 되어 엎드려 있었다. 클로버, 뮤리엘, 벤저민, 암소들, 양들 그리고 모든 거위와 암탉들, 사실상 고양이만 빼고 모두 다 모인 셈이었다. 그녀는 나폴레옹이 동물들에게 집합 명령을 내리기 직전에 갑자기 사라졌다. 한동안 아무도 말을 하지 않았다. 복서만 혼자 서 있었다. 그는 안절부절못하며 기다란 검은 꼬리로 양 옆구리를 때리고 이따금 놀라운 듯 낮은 소리를 지르며 서성거렸다. 마침내 그가 입을 열었다.

「이해가 되지 않습니다. 이런 일이 우리 농장에서 일어나다니 도저히 믿을 수 없습니다. 분명히 우리 자신에게 뭔가 잘못이 있기 때문일 것입니다. 내 생각으로 해결책은 더 열심히 일하는 것뿐입니다. 나는 아침에 한 시간 더 일찍 일어나겠습니다.」

그런 다음 그는 육중한 발걸음으로 서둘러 채석장으로 갔다. 그곳에 도착해서 돌 두 짐을 모아 연달아 풍차 건설 현장으로 나르고 난 뒤에야 마구간으로 돌아가 잠을 잤다.

동물들은 아무 말 하지 않고 클로버 주위에 모여들었다. 그들이 엎드려 있는 작은 둔덕에서는 일대의 시골 지역을 훤히 내려다볼 수 있었다. 동물 농장의 대부분이 그들의 시야에 들어왔다. 한길까지 뻗어 있는 기다란 목초지, 건초용 풀밭, 잡목 숲, 식수용 물웅덩이, 어린 이삭이 푸르게 살지고 있는 밀밭, 굴뚝에서 연기가 피어오르는 농장 건물의 붉은 지붕들이 보였다. 때는 맑은 봄날의 저녁이었다. 풀과 싹이 돋아나는 울타리는 햇살을 받아 황금빛으로 물들어 있었다. 여태껏 이 농장이 동물들에게 이때만큼 자랑스러워 보인 적이 없었다. 이 농장 구석구석이 전부 자신들의 것이라고 생각하니 동물들은 그저 놀라울 따름이었다. 언덕 아래를 내려다보는 클로버의 눈에는 눈물이 그득했다. 만약 자신의 생각을 제대로 표현할 수만 있다면, 그녀는 수년 전에 인간을 전복시키기 위해 일을 벌였을 때 목표한 것은 이런 게 아니었다고 말했을 것이다. 이런 공포와 학살의 장면은 메이저 영감이 처음 그들에게 반란을 선동했던 그날 밤 꿈꾸었던 것이 아니었다. 그녀 자신이 미래의 꿈을 가지고 있었다면 그것은 동물들이 배고픔과 매질로부터 해방되고, 모든 동물들이 평등하고, 각자의 능력에 따라 일하고, 메이저가 연설하던 그날 밤 자신의 앞발로 새끼 오리들을 감싸 주었듯 강자가 약자를 보호해 주는 동물들의 사회였다. 그런데 그러한 사회 대신 — 그녀는 그 이유를 몰랐다 — 어느 누구도 자신의 속마음을 말하지 못하고, 개들이 사납게 으르렁대며 사방을 돌아다니고, 동료들이 충격적인 범죄를 자백한 후 갈기갈기 찢겨 죽임을 당하는 시절을 만나게 된 것이다. 물론 클로버는 반란이나 불복종을 할 생각은 없었다. 사태가 이렇다 하더라도 그녀는 과거의 존스 시절보다 지금이 훨씬 낫다는 것을, 그리고 무엇보다 인간들이 돌아오지 못하도록 막아야 한다는 것을 잘 알고 있었다. 무슨 일이 있어도 그녀는 이 농장에 충성을 다하고 열심히 일하며 자신에게 주어진 명령을 충실히 수행하고 나폴레옹의 지도를 받아들일 것이다. 그러나 그녀와 다른 동물들은 그 때문에 희망을 갖고 열심히 일한 것은 아니었다. 그들이 풍차를 건설하고 존스의 총탄에 과감히 맞선 것은 결코 그런 것을 위해서가 아니었다. 비록 자신의 생각을 표현할 말솜씨는 부족했지만 아무튼 그녀의 생각은 그러했다.

마침내 그녀는 표현할 수 없는 말을 노래가 대신할 수 있다는 듯 「영국의 짐승들」을 부르기 시작했다. 주위에 앉아 있던 다른 동물들도 연달아 세 번씩이나 그 아름답고 구슬픈 선율을 천천히 따라 불렀다. 예전에는 결코 이렇게 노래를 불러 본 적이 없었다.

세 번째 노래를 막 끝냈을 때 스퀄러가 두 마리의 개

를 대동하고 무언가 중대 발표라도 할 것처럼 동물들에게 다가왔다. 그는 나폴레옹 동지의 특별 지시에 따라 「영국의 짐승들」이 금지되었다고 발표했다. 지금부터 이 노래는 불러서는 안 된다는 것이었다.

동물들은 깜짝 놀랐다.

「왜 금지되었죠?」 뮤리엘이 소리쳐 물었다.

「동지, 이 노래는 더 이상 필요 없게 되었소.」 스퀼러가 딱딱하게 말했다. 「〈영국의 짐승들〉은 반란의 노래였소. 그러나 반란은 이제 끝났소. 오늘 오후의 반역자 처형이 마지막 행동이었소. 우리는 농장 안팎의 적들을 모두 패배시켰소. 〈영국의 짐승들〉에서 우리는 미래의 좋은 사회에 대한 동경을 표현했소. 그러나 그 사회는 이미 성취되었소. 분명히 이 노래는 이제 어떤 목적도 가지고 있지 않소.」

비록 겁에 질려 있었지만 몇몇 동물들은 항의를 하고 싶은 심정이었다. 바로 그 순간 양들이 여느 때처럼 〈네 다리는 좋고 두 다리는 나쁘다〉고 외쳐 댔다. 이 외침 소리는 몇 분 동안 계속되었고 결국 토론은 시작도 못하고 끝나 버렸다.

그래서 「영국의 짐승들」 노래는 더 이상 들을 수 없게 되었고 대신 시인 미니무스가 다른 노래 하나를 작곡했다. 그 노래는 다음과 같았다.

동물 농장, 동물 농장,
　　난 그대에게 해를 끼치지 않으리!

　일요일 아침마다 기를 게양하고 난 뒤 이 노래를 불렀다. 그러나 동물들이 보기에 아무래도 새 노래는 가사도 곡조도 「영국의 짐승들」에 도저히 미치지 못하는 것 같았다.

8

 며칠 후 처형 사건이 몰고 온 공포가 누그러져 갈 때, 일부 동물들은 7계명 중 여섯 번째 계명인 〈어떤 동물도 다른 동물을 죽여서는 안 된다〉를 기억하거나 혹은 기억한다고 생각했다. 그리고 돼지들이나 개들이 듣는 자리에서는 입 밖에 내려고 하지 않았지만 며칠 전에 있었던 살육 행위는 이 계명에 맞지 않는다고 느꼈다. 클로버는 벤저민에게 여섯 번째 계명을 읽어 달라고 부탁했는데, 벤저민은 언제나 그랬던 것처럼 그런 일에 끼어들고 싶지 않다며 거절했다. 클로버는 다시 뮤리엘을 데려갔다. 뮤리엘은 그녀에게 그 계명을 읽어 주었다. 거기에는 〈어떤 동물도 다른 동물을 이유 없이 죽여서는 안 된다〉라고 씌어 있었다. 어찌 된 일인지 동물들은 〈이유 없이〉라는 두 개의 단어를 기억하지 못하고 있었다. 그러나 그들은 그 계명이 위반되지 않았다는 것을 비로소 알았다. 스노볼과 공모했던 반역자들을 죽이는 데는 분명 충분한 이유가 있었기 때문이다.

그해 내내 동물들은 지난해보다 훨씬 더 열심히 일했다. 농장의 일상적인 일을 다 하면서 전보다 두 배나 더 두껍게 풍차의 벽을 쌓고 예정된 날짜에 풍차 건설을 끝낸다는 것은 엄청난 노동이었다. 존스 시대보다 더 오랫동안 일하고 먹는 것도 더 나아진 게 없다는 생각이 들 때도 있었다. 일요일 아침이면 스퀼러가 기다란 종이 두루마리를 앞발로 들고 각 식량 생산량이 2백 퍼센트, 3백 퍼센트, 혹은 경우에 따라 5백 퍼센트 증가했다는 것을 증명하는 통계 수치를 발표했다. 동물들은 그의 말을 믿지 않을 수 없었다. 왜냐하면 그들은 반란 전의 생활상이 어땠는지 뚜렷이 기억하지 못했기 때문이다. 그들에겐 통계 수치는 아무래도 좋으니 먹을 것이라도 많이 먹어 봤으면 좋겠다고 느끼는 나날들이었다.

모든 명령들은 이제 스퀼러나 다른 돼지를 통해 내려졌다. 나폴레옹은 두 주에 한 번 정도밖에 대중 앞에 나타나지 않았다. 그가 나타날 때면 개들이 수행할 뿐 아니라 한 마리의 검은 수탉이 그 앞에서 행진하며 일종의 나팔수 역할을 했는데, 나폴레옹이 연설을 하기 전에 〈꼬끼오, 꼬꼬〉 하고 울어 댔다. 심지어 나폴레옹은 본채에서도 다른 동물들과 따로 방을 쓴다는 소문이 돌았다. 개 두 마리의 시중을 받으며 혼자 식사를 하고 언제나 응접실의 유리 식기장에 들어 있는 크라운 더비제 정찬용 식기에 음식을 담아 먹는다는 것이었다. 게다가 두 기념일에만 쏘아 올리던 축포를 매년 나폴레옹의 생일에도 발사하겠다는 발표가 있었다.

나폴레옹은 이제 단순히 〈나폴레옹〉으로 불리지 않았다. 그는 언제나 공식적으로 〈우리의 지도자, 나폴레옹 동지〉라고 불렸으며 돼지들은 그에게 〈모든 동물들의 아버지〉, 〈인류의 공포〉, 〈양 떼의 보호자〉, 〈오리들의 친구〉 등의 칭호를 즐겨 붙였다. 스퀼러는 연설할 때면 나폴레옹의 지혜, 그의 따뜻한 마음, 모든 동물들에 대한 그의 깊은 사랑, 특히 다른 농장에서 무지와 노예 상태를 벗어나지 못한 채 살고 있는 불행한 동물들에 대한 그의 사랑 등을 생각하며 눈물을 줄줄 흘리기도 했다. 이제 모든 성공적인 업적과 모든 행운은 어김없이 나폴레옹의 공로로 돌려지게 되었다. 암탉 한 마리가 〈우리의 지도자 나폴레옹 동지의 보호 하에 나는 엿새 동안 다섯 개의 알을 낳았어〉라고 말한다든지, 암소 한 마리가 우물에서 물을 마시며 〈나폴레옹 동지의 영도력 덕분에 물맛 한번 좋군그래!〉라고 큰 소리로 말하는 것을 종종 들을 수 있었다. 농장의 전반적인 분위기는 미니무스가 지은 「나폴레옹 동지」라는 시에 잘 표현되어 있었다. 시는 다음과 같았다.

아비 없는 자들의 친구여!

행복의 샘이여!
여물통의 주인이시여! 오, 내 영혼은
불붙네, 조용하고 위엄 있는
하늘의 태양 같은 그대의 눈을 바라볼 때,
나폴레옹 동지여!

그대는 그대의 동물들이
좋아하는 것들을 하사하는 분이네,
모두 하루에 두 번 배불리 먹고,
깨끗한 짚단에서 뒹구네.
크고 작은 짐승들이
우리에서 평온하게 잠을 자네.
그대 우리의 모든 것을 돌봐 주시니,
나폴레옹 동지여!

내게 젖먹이 새끼가 있다면
그놈이 반 되들이 병이나 국수방망이만큼
크게 자라기 전에
그대에게 충성하고 진실해지도록
배우게 하리라.
그렇다네, 그가 맨 처음 외치는 말은
〈나폴레옹 동지여!〉가 되리라.

나폴레옹은 이 시에 크게 만족하며 창고의 커다란 벽, 〈7계명〉의 맞은편 끝에 써놓으라고 지시했다. 그 시 위에는 스퀼러가 흰 페인트로 나폴레옹의 옆얼굴 초상화를 그려 놓았다.

그러는 사이, 나폴레옹은 중개인 휨퍼를 통해 프레더릭과 필킹턴 사이에서 복잡한 협상을 벌이고 있었다. 재목 더미는 아직 팔리지 않았다. 두 사람 중 프레더릭이 그것을 더 사고 싶어 했지만 제값을 주려 하지 않았다. 그러던 차에 풍차 건설에 대해 배가 아프도록 질투를 느끼던 프레더릭과 그의 일당들이 동물 농장을 습격해 풍차를 파괴할 음모를 꾸미고 있다는 소문이 다시 나돌았다. 스노볼은 여전히 핀치필드 농장에 숨어 있는 것으로 알려졌다. 그해 여름이 한가운데로 접어들었을 때 암탉 세 마리가 스노볼의 선동으로 나폴레옹을 죽이려는 음모에 가담한 적이 있다고 자백하는 말을 듣고 동물들은 깜짝 놀랐다. 그 암탉들은 즉시 처형되었고 나폴레옹의 안전을 위한 새로운 경계 조치들이 취해졌다. 개 네 마리가 매일 밤 그의 침대 한 구석씩을 맡아 지키게 되었고 핑크아이라는 젊은 돼지 한 마리가 나폴레옹의 음식에 독이 들어 있는지를 확인하기 위해 먼저 시식해 보는 임무를 맡았다.

이와 동시에 나폴레옹이 재목 더미를 필킹턴 씨에게 팔기로 했고, 또 동물 농장과 폭스우드 농장 사이에 어떤 생산물 교환을 위한 정규 계약이 체결될 것이라는 소문이 돌았다. 나폴레옹과 필킹턴 사이의 관계는 비록 휨퍼를 통해 이루어지긴 했지만 그런대로 우호적이었다. 동물들은 필킹턴을 인간이라는 이유로 신뢰하지 않았지만 프레더릭보다는 훨씬 낫다고 생각했다. 그들은 프레더릭을 두려워하고 미워했다. 여름이 지나가고 풍차가 거의 완성될 무렵, 반역자들의 공격이 임박했다는 소문이 점점 강하게 나돌았다. 소문에 따르면 프레더릭은 총으로 무장한 스무 명의 남자들을 거느리고 쳐들어올 것이고, 이미 치안 판사와 경찰에게 뇌물을 먹여 동물 농장의 부동산 권리 증서를 수중에 넣기만 하면 동물 농장 소유권에 대해 어떤 문제도 제기하지 못하도록 해놓았다는 것이다. 게다가 프레더릭이 자기 농장의 동물들에게 가하는 잔인한 짓에 대한 무서운 이야기가 핀치필드 농장에서 흘러나왔다. 프레더릭은 늙은 말을 매질해 죽이고 암소를 굶겨 죽이고 개를 아궁이에 던져 죽이고, 밤에는 수탉의 발톱에 면도칼 조각을 끼워 넣고 닭싸움을 시켜 즐긴다는 것이었다. 동물들은 이런 끔찍한 짓들이 자기 동지들에게 자행되고 있다는 소리를 듣자 분노가 치솟고 온몸에 피가 끓어올랐다. 때로는 인간들을 몰아내고 동물들을 해방시키기 위해 떼를 지어 핀치필드 농장을 공격할 수 있도록 허락해 달라고 떠들어 대기도 했다. 그러나 스퀼러는 경솔한 행동은 자제하고 나폴레옹 동지의 전략을 따르라고 충고했다.

그렇지만 프레더릭에 대한 반감은 더욱 높아만 갔다. 어느 일요일 아침, 나폴레옹이 창고에 나타나 재목 더미를 프레더릭에게 팔 생각은 추호도 해본 적이 없다고 발표했다. 그런 악당과 거래하는 것은 자신의 품위를 떨어뜨리는 행위라고 말했다. 동물 농장의 반란 소식을 확산하기 위해 여전히 밖에 파견되어 있던 비둘기들은 폭스우드 농장에는 절대 발을 들여놓지 말라는 금지령과, 〈인간에게 죽음을〉이라는 이전의 슬로건은 버리고 〈프레더릭에게 죽음을〉이라는 새로운 것을 사용하라는 명령을 받았다. 여름이 끝나 갈 무렵 스노볼의 또 다른 음모가 밝혀졌다. 밀밭에 잡초가 무성하게 자라고 있는 것은, 스노볼이 밤에 몰래 들어와 밀 씨앗에 잡초 씨앗을 섞어 놓았기 때문이라고 했다. 이 음모에 비밀리에 가담했다는 수컷 거위 한 마리가 스퀼러에게 범행을 자백하고는 독성 식물인 벨라도나 딸기를 삼키고 스스로 목숨을 끊었다. 동물들은 스노볼이 — 많은 동물들은 스노볼이 훈장을 받았다고 여태껏 믿고 있었다 — 〈동물 영웅 일등 훈장〉을 받은 적이 없다는 사실을 그제야 알게 되었다. 그 기억은 〈외양간 전투〉가 끝나고 나서 얼마 후 스노볼이 직접 퍼뜨린 소문에 불과하다는 것이었다. 훈장을 받기는커녕 그 전투에서 비겁한 행동을 해 비난을 받았다고 했다. 일부 동물들은 그 말을 듣고 다시 한 번 놀라고 혼란스러웠지만, 곧 스퀼러가 그들의 기억이 잘못된 것이라고 납득시켜 주었다.

가을이 되자 피땀 어린 노력 — 곡식 수확도 동시에 이루어졌기 때문에 — 의 결과로 풍차 건설 공사가 드디어 끝이 났다. 이제 기계를 설치해야 했고 휨퍼가 기계 구입에 대한 협상을 여전히 벌이고 있었지만, 풍차 구조물 자체는 완성되었다. 온갖 어려움들, 무경험, 원시적 장비, 불운, 스노볼의 반역 행위에도 불구하고 풍차는 정확하게 완공 예정일에 완성되었다. 동물들은 지쳐 있었지만 자랑스럽게 자신들의 대작품 주위를 돌아보았다. 그들의 눈에 그것은 처음 지어졌을 때보다 훨씬 더 아름다워 보였다. 벽은 전번 것보다 두 배나 두꺼워 폭약이 아니고는 무엇으로도 무너뜨릴 수 없을 것이었다. 그리고 자신들이 얼마나 노력을 했으며, 좌절들을 어떻게 이겨냈으며, 그리고 풍차 날개가 돌아가 발전기가 가동되면 자신들의 생활이 얼마나 달라질 것인가를 생각했다. 그들은 이 모든 것들을 생각하며, 그간의 피로감을 잊어버리고 승리의 환호성을 지르면서 풍차 주위를 껑충껑충 뛰어다녔다. 나폴레옹 자신도 개들과 수탉을 대동하고 완성된 풍차를 시찰하러 왔다. 그는 동물들의 성취를 직접 치하하고 이 풍차를 〈나폴레옹 풍차〉로 명명한다고 발표했다. 이틀 후 창고에서 특별 회의가 소집되었다. 나폴레옹이 목재 더미를 프레더릭에게 팔았다고 발표했을 때 동물들은 소스라치게 놀랐다. 다음 날 프레더릭의 마차가 와서 목재를 실어 갈 예정이었다. 나폴레옹은 겉으론 필킹턴과 우호 관계를 맺는 척하면서 실제로는 프레더릭과 비밀 협정을 맺고 있었던 것이다.

폭스우드 농장과의 관계는 모두 끊어졌다. 모욕적인 전갈이 필킹턴에게서 날아왔다. 비둘기들은 핀치필드 농장에는 가지 말고 슬로건을 〈프레더릭에게 죽음을〉에서 〈필킹턴에게 죽음을〉로 바꾸라는 명령을 받았다. 동시에 나폴레옹은 동물 농장에의 공격이 임박했다는 이야기도 완전히 헛소문이고 프레더릭이 자기 동물들에게 잔혹한 짓을 한다는 소문도 크게 과장된 것이라고 말했다. 이 같은 모든 소문들은 어쩌면 스노볼과 그의 첩자들이 만들어 냈을 것이라는 얘기였다. 그래서 결국 스노볼은 핀치필드 농장에 숨어 있지 않고 사실 한 번도 거기에 가본 적이 없다는 얘기로 바뀌었다. 다시 말해 스노볼은 지금 폭스우드 농장에서 대단히 호화로운 생활을 하고 있고 실은 지난 수년 동안 필킹턴으로부터 연금을 받고 있다는 것이었다.

돼지들은 나폴레옹의 지략을 듣고 완전히 황홀경에 빠졌다. 나폴레옹은 필킹턴과 친하다는 것을 겉으로 보여 주어 프레더릭이 12파운드나 더 지불하도록 유도한 것이었다. 그러나 나폴레옹의 탁월한 사고 방식은 그가 아무도, 심지어 프레더릭까지도 믿지 않았다는 사실에 잘 나타나 있다고 스퀼러가 말했다. 프레더릭은 재목 값을 수표라고 하는 뭔가로 지불하기를 원했다. 그것은 지불 약속이 쓰인 종잇조각 같아 보였다. 그러나 나폴레옹은 영리해서 프레더릭에게 속아 넘어가지 않았다. 그는 재목을 실어 가기 전에 진짜 5파운드짜리 지폐로 지불해 줄 것을 요구했다. 프레더릭은 즉시 지불을 마쳤고 그 돈은 풍차에 설치할 기계 장치를 사는 데 충분했다.

목재는 재빨리 실려 나갔다. 다 실려 나가자 프레더릭이 지불한 화폐를 확인하기 위해 또 한 번의 회의가 창고에서 열렸다. 나폴레옹은 훈장 두 개를 달고 높다랗게 만든 짚 더미 침대 위에 편안하게 누워 만족한 미소를 짓고 있었다. 돈은 농장 본채 부엌에서 가져온 도자기 접시 위에 가지런히 쌓여 나폴레옹 옆에 놓여 있었다. 동물들은 줄을 서서 천천히 그 옆을 지나며 돈 접시를 실컷 구경했다. 복서는 코를 지폐에 대고 킁킁거리며 냄새를 맡았고 그의 콧김에 얇고 하얀 종이가 바스락거리며 펄럭였다.

사흘 후 끔찍한 대소동이 벌어졌다. 휨퍼가 새파랗게 질린 얼굴로 자전거를 타고 급히 달려와 자전거를 마당에 내동댕이치더니 본채로 곧장 달려 들어갔다. 다음 순간 숨 막히는 분노의 고함소리가 나폴레옹의 방에서 들려왔다. 소식은 삽시간에 농장에 퍼졌다. 프레더릭이 지불한 돈은 위조 지폐였다! 그는 한 푼도 내지 않고 재목을 가져간 것이었다.

 나폴레옹은 즉시 동물들에게 소집을 명령했고 무서운 목소리로 프레더릭에게 사형 선고를 내렸다. 그를 생포하면 바로 끓는 물에 처넣어 죽여야 한다고 말했다. 동시에 그는 이런 배신 행위 뒤에는 반드시 최악의 순간이 온다는 사실을 동물들에게 경고했다. 프레더릭과 그의 일당이 당장 장기전의 태세로 쳐들어올지도 모를 일이었다. 농장으로 통하는 모든 길목에 보초가 세워졌다. 그리고 비둘기 네 마리가 필킹턴과 다시 우호 관계를 맺기를 바란다는 유화적 전갈을 가지고 폭스우드 농장에 파견되었다.

 바로 다음 날 아침 동물 농장은 공격을 받았다. 동물들이 아침 식사를 하고 있는데 파수꾼들이 뛰어 들어와 프레더릭과 그의 일당이 이미 다섯 개의 가로대가 있는 문을 통과했다고 보고했다. 동물들은 용감하게 그들과 맞서 싸웠지만 이번에는 〈외양간 전투〉 때처럼 쉽게 승리를 거둘 수 없었다. 적은 열다섯 명 정도 되었는데 그중 절반이 총을 가지고 있었고 동물들과의 거리가 50미터쯤으로 좁혀지자 총을 쏘기 시작했다. 동물들은 무시무시한 총소리와 함께 빗발치듯 날아오는 총알에 맞서 감히 싸울 수가 없었다. 나폴레옹과 복서가 그들을 규합하려고 애를 써보았지만 그들은 쉽게 뒤로 물러나고 말았다. 그들 중 상당수가 이미 부상을 입었다. 그들은 농장 건물로 도망쳐, 벽 틈이나 옹이구멍 사이로 바깥을 조심스레 내다보았다. 풍차를 포함해 커다란 목초지 전체가 적의 수중에 넘어갔다. 나폴레옹조차도 잠시 당황해 어찌할 줄 모르는 것 같았다. 그는 말 한마디 없이 꼬리를 빳빳이 하고 씰룩씰룩 움직이며 서성댔다. 그는 하소연하는 듯한 시선을 폭스우드 농장 쪽으로 보냈다. 만약 필킹턴과 그의 일꾼들이 자신을 도와준다면 이 싸움에서 이길지도 모를 일이었다. 바로 그때 전날 보냈던 비둘기 네 마리가 돌아왔는데 그중 한 마리가 필킹턴이 보낸 종이쪽지를 물고 있었다. 그 쪽지에는 연필로 〈꼴좋군!〉이라고 적혀 있었다.

그러는 사이 프레더릭과 그의 일당은 풍차 옆에서 발걸음을 멈추었다. 동물들은 그들을 지켜보고 불안에 떨며 소곤거렸다. 남자 두 명이 쇠지레와 큰 망치를 끄집어냈다. 그들이 풍차를 무너뜨리려고 했다.

나폴레옹이 외쳤다. 「불가능한 짓이야! 벽이 얼마나 두꺼운데 어림도 없지. 1주일이 걸려도 무너뜨리지 못해. 동지들! 용기를 내시오.」

그러나 벤저민은 남자들의 행동을 유심히 지켜보고 있었다. 망치와 쇠지레를 든 남자들이 풍차 아래쪽에 구멍을 뚫고 있었다. 벤저민은 재미있다는 표정을 지으며 천천히 긴 콧등을 끄덕거렸다.

「그럴 줄 알았어. 저들이 무슨 짓을 하는지 보이지 않소? 조금 있으면 저 구멍에 폭약을 넣을 거요.」

동물들은 소스라치게 놀라며 그저 하릴없이 기다릴 뿐이었다. 이제는 위험을 무릅쓰고 건물 밖으로 나가는 것도 불가능했다. 몇 분이 지나자 사람들이 사방으로 흩어져 뛰어가는 모습이 보였다. 그러자 귀청이 터질 듯한 폭발음이 들렸다. 비둘기들은 하늘 높이 날아올랐고 나폴레옹을 제외한 모든 동물들은 배를 땅바닥에 납작하게 깔고 얼굴을 파묻었다. 그들이 다시 일어섰을 때 거대하고 시커먼 연기구름이 풍차가 있던 자리에서 피어오르고 있었다. 미풍이 불어 구름은 서서히 사라졌다. 풍차는 더 이상 존재하지 않았다!

이 광경을 지켜본 동물들은 용기가 되살아났다. 인간들의 비열하고 치사한 행동을 보고 분노가 치솟아 조금 전까지 느꼈던 공포와 절망감은 온데간데없이 사라져버렸다. 동물들은 더 이상 명령을 기다리지 않고 힘찬 복수의 함성을 지르며 한 몸이 되어 적을 향해 돌진했다. 이번에는 머리 위로 핑핑 지나가는 총알에 겁을 내지 않았다. 가차 없고도 치열한 싸움이 벌어졌다. 인간들은 총을 계속 쏘아 댔고 동물들이 가까이 접근하자 몽둥이로 때리고 묵직한 구둣발로 걷어차기도 했다. 암소 한 마리와 양 세 마리와 거위 두 마리가 죽었고 거의 모든 동물들이 부상을 당했다. 심지어 후방에서 지휘를 하고 있던 나폴레옹까지도 총알을 맞고 꼬리 끝이 날아갔다. 그러나 인간들도 무사하지 않았다. 세 사람은 복서의 발굽에 차여 머리가 깨졌고 또 한 사람은 암소 뿔에 배를 받혔고 또 한 사람은 제시와 블루벨의 이빨에 바지가 벗겨질 정도로 거의 다 찢겨 나갔다. 그리고 나폴레옹의 호위병들인 개 아홉 마리가 울타리를 은폐물로 삼아 우회하라는 나폴레옹의 명령을 받은 후 갑자기 인간들의 측면에 나타나 사납게 짖어 대며 그들을 공포 속에 몰아넣었다. 인간들은 포위될 위험에 빠졌다고 생각했다. 프레더릭은 일당에게 빠져나갈 길이 보이면 도망치라고 소리를 질렀다. 그 말이 떨어지기가 무섭게 겁쟁이 적들은 도망치기 시작했다. 동물들은 들판 끝까지 쫓아갔으며 그들이 가시나무 울타리를 헤집고 빠져나갈 때 엉덩이를 몇 번이고 걷어찼다.

그들은 승리했지만 지친 데다 피를 흘리고 있었다. 그들은 다리를 절뚝거리며 농장으로 돌아가기 시작했다. 풀밭에 죽어 누워 있는 동료들의 모습을 보고 몇몇은 눈물을 흘렸다. 그리고 풍차가 있던 장소에 와서 얼마 동안 슬픈 표정을 지으며 말없이 서 있었다. 그렇다, 풍차는 사라졌다. 그토록 많은 노력을 들였건만 그 마지막 흔적까지 몽땅 사라진 것이었다! 바닥의 기초도 일부 파괴되었다. 그리고 풍차를 다시 세우더라도 이번에는 전번처럼 떨어진 돌들을 사용할 수 없었다. 돌들이 다 박살이 났기 때문이다. 폭발의 위력으로 돌들은 수백 미터까지 날아가 버렸다. 풍차는 원래부터 그 자리에 없었던 것처럼 보였다.

농장에 도착하자 전투 중에는 이상하게도 모습이 보이지 않던 스퀼러가 만족한 듯 꼬리를 흔들고 빙그레 웃으며 깡충깡충 뛰어왔다. 동물들은 농장 건물 쪽에서 엄숙한 총소리를 들었다.

「무슨 총소리입니까?」 복서가 물었다.

「우리의 승리를 축하하는 총소리요.」 스퀼러가 대답했다.

「어떤 승리 말인가요?」 복서가 말했다. 그의 무릎에서는 피가 흐르고 있었다. 그는 편자 하나를 잃었고 발굽이 찢어졌고 총알 열두 개가 뒷다리에 박혀 있었다.

「동지, 무슨 승리라니? 우리의 신성한 동물 농장에서 적들을 몰아내지 않았소?」

「그러나 그들은 풍차를 파괴했습니다. 우리가 2년 동안 피땀 흘려 건설해 놓은 것인데 말입니다.」

「그게 무슨 상관입니까? 풍차는 또 건설하면 되잖소. 마음만 먹으면 6개라도 세울 수 있소. 동지는 우리가 방금 일구어 낸 승리를 인정하지 않는단 말이군. 적들은 우리가 서 있는 바로 이 땅을 점령했었소. 그런데 지금 나폴레옹 동지의 영도력 덕분에 이 땅을 죄다 되찾은 것이오!」

「그렇다면 우리는 전에 가졌던 모든 것을 되찾은 것이

지요!」 복서가 말했다.

「그것이 바로 우리의 승리요.」 스퀼러가 말했다.

그들은 다리를 절뚝거리며 마당으로 들어섰다. 복서는 살 속에 박힌 총알 때문에 몹시 고통스러워했다. 그는 처음부터 다시 풍차를 건설해야 할 힘든 과정을 머릿속에 떠올려 보았고 이미 그 일에 대한 마음의 준비를 단단히 하고 있었다. 그러나 그의 나이도 벌써 열한 살이었고 어쩌면 단단한 근육도 이제는 예전 같지 않으리라는 생각이 처음으로 들었다.

동물들은 녹색의 깃발이 펄럭이는 것을 보고, 예포(이번에는 모두 일곱 발이 발사되었다)가 다시 발사되는 소리를 듣고, 그리고 나폴레옹이 그들의 전과(戰果)를 치하하는 연설을 들으면서 비로소 자기들이 큰 승리를 거두었다는 느낌을 받았다. 전투에서 죽은 동물들에게는 엄숙한 장례식이 치러졌다. 복서와 클로버는 임시 영구차가 된 마차를 끌었고 나폴레옹은 행렬의 맨 앞에 서서 걸었다. 동물들은 이틀 동안이나 승리 축하 행사를 벌였다. 노래와 연설이 있었고 많은 축포를 쏘아 올렸다. 동물들은 사과 한 개, 새들은 옥수수 50그램, 개들은 비스킷 세 개를 각각 특별 선물로 받았다. 이번 전투는 〈풍차 전투〉라고 명명될 것이고 나폴레옹은 새로 제정한 〈녹색 깃발 훈장〉을 받게 될 것이라는 발표가 있었다. 모두들 즐겁게 축하연을 벌이는 가운데 불행한 지폐 사건은 잊혀 버렸다.

그로부터 며칠 후 돼지들은 본채 지하실에서 위스키 한 상자를 우연히 발견했다. 이 집을 처음 점령했을 때도 보지 못한 것이었다. 그날 밤 농장 본채에서 커다란 노랫소리가 들려왔다. 놀랍게도 그 속에는 「영국의 짐승들」의 곡조가 섞여 있었다. 밤 9시 30분경 나폴레옹이 존스 씨의 낡은 중산모를 쓰고 뒷문에서 나와 마당을 한바퀴 급히 돌더니 다시 집 안으로 사라지는 모습이 분명히 목격되었다. 그러나 아침이 되자 본채는 쥐 죽은 듯이 고요했다. 돼지는 한 마리도 꿈쩍하지 않는 것 같았다. 9시가 가까워지자 스퀼러가 몸을 축 늘어뜨리고 느릿느릿 걸으며 나타났다. 눈은 흐리멍덩하고 꼬리는 맥없이 축 처져 중병이라도 걸린 듯한 모습이었다. 그는 동물들을 소집한 뒤 중대한 소식을 발표하겠다고 말했다. 나폴레옹 동지가 죽어 간다는 것이었다.

비탄에 잠긴 울음소리가 터져 나왔다. 동물들은 농장 본채 문밖에 짚을 깔아 놓고 그 위를 발끝으로 살금살금 걸었다. 눈물을 글썽이며 그들은 지도자가 죽으면 자기들은 어떻게 되느냐고 서로에게 물어보았다. 스노볼이 결국 음식에 독약을 넣어 나폴레옹을 죽이려는 음모를 성공시켰다는 소문이 퍼졌다. 스퀼러는 11시에 나타나 또 발표를 했다. 나폴레옹 동지가 이 세상에서 취하는 마지막 조치로서 엄한 포고령을 내렸다고 했다. 그것은 술을 마시는 자는 사형에 처한다는 내용이었다.

 그러나 저녁때쯤 나폴레옹은 조금 나아진 것 같았고, 다음날 아침 스퀼러는 그가 빠르게 회복되고 있다고 말할 수 있었다. 그날 저녁때가 되자 나폴레옹은 다시 집무를 시작했으며 그다음 날에는 휨퍼에게 윌링던에 가서 양조와 증류에 관한 책들을 구입해 오라고 지시했다는 소식이 들려왔다. 1주일 후 나폴레옹은 과수원 너머에 있는 조그만 목초지를 갈도록 명령했다. 그 목장은 나이가 들어 일할 수 없는 동물들을 위한 방목장으로 이전에 남겨 둔 땅이었다. 그 땅은 풀이 다 말라 버려 다시 씨를 뿌려야 한다는 것이었다. 그러나 나폴레옹이 그곳에 보리를 갈 것이라는 계획이 금방 전해졌다.

 이 무렵, 아무도 이해할 수 없는 이상한 사건이 하나 일어났다. 어느 날 밤 12시쯤 마당에서 쿵 하고 벼락 치는 소리가 들려 동물들이 우리에서 뛰쳐나왔다. 달 밝은 밤이었다. 7계명이 적혀 있는 큰 창고 끝의 벽 밑에 사다리가 두 동강이 난 채 쓰러져 있었다. 스퀼러가 기절한 채 그 옆에 쭉 뻗어 있었고 그 주위에는 등불과 붓과 엎질러진 흰색 페인트통이 나뒹굴고 있었다. 개들이 즉시 스퀼러 주위를 에워쌌고 그가 걸을 수 있게 되자 그를 곧장 농장의 본채까지 호위해 데려갔다. 동물들은 이게 어찌 된 영문인지 도무지 알 길이 없었다. 오로지 늙은 벤저민만이 콧등을 끄덕거려 아는 체했지만 아무 말도 하려 하지 않았다.

그러나 며칠 후 뮤리엘은 혼자 7계명을 읽고 나서 동물들이 잘못 기억하는 것이 또 하나 있음을 깨달았다. 다섯 번째 계명은 〈어떤 동물도 술을 마시면 안 된다〉라고 생각하고 있었는데 그들이 기억하지 못하는 두 개의 단어가 들어 있었다. 실제로 벽에 적힌 계명은 이랬다. 〈어떤 동물도 술을 너무 많이 마시면 안 된다.〉

9

 복서의 찢어진 발굽은 상처가 아무는 데 상당한 시간이 걸렸다. 동물들은 승리 축하연이 끝난 바로 다음 날부터 풍차를 다시 건설하기 시작했다. 복서는 단 하루도 쉬지 않으려 했고 아픈 모습을 남에게 보이지 않아야 체면이 선다고 생각했다. 그러나 저녁때가 되면 그는 클로버에게만 살짝 발굽이 아파 죽겠다고 말했다. 클로버는 약초를 씹어서 만든 찜질약을 복서의 발굽에 붙여 주었다. 그리고 그녀와 벤저민은 복서에게 너무 무리하지 말라고 타일렀다. 「말의 허파라고 영원히 배겨 낼 수 있는 건 아니야.」 그녀가 복서에게 말했다. 그러나 복서는 말을 들으려고 하지 않았다. 그는 단 하나 진실로 바라는 게 있다면, 은퇴하기 전에 풍차를 완성하고 그것이 잘 돌아가는 것을 보는 일이라고 말했다.

 동물 농장의 법률이 처음 제정되었을 때, 은퇴 연령은 말과 돼지는 12세, 암소는 14세, 개는 9세, 양은 7세, 암

닭과 거위는 5세였다. 노년 연금도 정해져 있었다. 그러나 실제로 은퇴해서 연금을 타는 동물은 아직 아무도 없었다. 하지만 최근에 이 문제가 자주 거론되었다. 과수원 너머에 있던 조그만 밭을 보리밭으로 남겨 두었기 때문에 넓은 목초지 한구석을 울타리로 막아 은퇴한 동물들을 위한 방목장으로 만든다는 소문이 돌았다. 말에게는 하루에 옥수수 2킬로그램을, 겨울에는 건초 7킬로그램을 주고 공휴일에는 당근이나 사과를 한 개씩 준다는 이야기였다.

그동안의 생활은 어려웠다. 이번 겨울도 지난해 겨울만큼 추웠고 식량은 더욱 부족했다. 돼지들과 개들의 배급량은 그대로 둔 채 다른 동물들의 배급량은 다시 한 번 줄어들었다. 스퀄러는 식량 배급을 지나치게 평등하게 만드는 것은 동물주의의 원칙에 위배되는 것이라고 설명했다. 어쨌든 그는 겉으로 보기엔 어떨지 모르지만 실제로 식량이 부족하지 않다는 것을 다른 동물들에게 어렵지 않게 증명해 보였다. 물론 당분간은 배급량을 재조정할 필요(스퀄러는 한 번도 〈감소〉라는 말은 하지 않고 항상 〈재조정〉이라는 용어를 사용했다)가 있지만 존스 시대와 비교하면 사정이 훨씬 나아진 것이라고 설명했다. 그는 날카롭고 빠른 목소리로 통계 수치를 읽어 가며 존스 시대보다 더 많은 귀리와 건초와 순무를 확보하고 있고, 노동 시간은 짧아졌고, 마시는 물은 질이 좋아졌고, 수명은 늘어났고, 새끼들이 살아남는 비율도 높아졌고, 우리 속 짚 더미도 많아졌고, 벼룩한테 물리는 일도 줄어들었다고 동물들에게 조목조목 상세히 설명했다. 동물들은 그의 말 모두를 철석같이 믿었다. 사실대로 말하면 존스라는 이름과 그 이름이 의미하는 것들은 대부분 동물들의 기억에서 사라진 상태였다. 그들은 현재의 삶이 힘들고 고단하고, 때로 굶주리고 추위를 느끼고, 잠잘 때를 제외하고는 줄곧 일만 한다는 것을 알고 있었다. 그러나 옛날에는 당연히 더 비참했을 것이라고 생각했다. 그들은 기꺼이 그렇게 믿고 싶었다. 게다가 옛날에 그들은 노예였지만 지금은 자유롭지 않은가. 이것이야말로 스퀼러가 반드시 지적하는 엄청난 차이였다.

이제 먹여 살려야 할 입들이 많이 늘어났다. 가을에 네 마리의 암퇘지가 거의 동시에 새끼를 낳았는데 그 수가 모두 서른한 마리나 되었다. 새끼 돼지들은 모두 잡종이었다. 나폴레옹이 농장에서 유일하게 거세하지 않은 수퇘지였기 때문에 새끼들의 부모가 누구인지는 쉽게 알 수 있었다. 그리고 벽돌과 재목을 구입하면서 본채 정원에 교실을 지을 것이라는 발표가 있었다. 얼마 동안은 나폴레옹이 직접 본채 부엌에서 새끼 돼지들을 교육시켰다. 그들은 정원에서 운동을 했고 다른 어린 동물들과는 함께 놀지 말라는 지시를 받았다. 그즈음 돼지와 다른 동물들이 길에서 마주치면 다른 동물이 길을 비켜서야 하고, 등급에 관계없이 모든 돼지들은 일요일에는 특별히 꼬리에 녹색 리본을 맬 수 있다는 규칙이 제정되었다.

농장은 꽤 성공적인 한 해를 보냈지만 여전히 자금난에 허덕이고 있었다. 교실을 짓기 위해 벽돌과 모래와 석회를 구입해야 했고, 또 풍차에 설치할 기계를 사기 위해 돈을 저축해야 했다. 그뿐 아니라 농장 본채에서 쓸 등잔 기름과 초, 나폴레옹의 식탁에 놓을 설탕(그는 다른 돼지들에게는 살이 찐다는 이유로 설탕을 금지했다)을 비롯해 연장, 못, 끈, 석탄, 철사, 고철, 개 먹이 비스킷 등의 일상 용품들도 필요했다. 건초 한 더미와 감자 일부가 팔려 나갔고, 약정한 달걀의 개수도 주당 6백 개로 늘어났다. 그래서 그해에 암탉들은 평상시와 같은 마릿수의 병아리들을 가까스로 부화시킬 수 있었다. 12월에 삭감된 배급량은 2월에 더 줄어들었고 우리 속의 등불도 기름을 절약하기 위해 꺼야 했다. 그러나 돼지들은 충분히 안락한 생활을 누리는 것처럼 보였고, 실제로 체중이 늘어나고 있었다. 2월 하순의 어느 날 오후, 동물들이 예전에 한 번도 맡아 보지 못한, 식욕을 돋우는 구수하고 따스한 냄새가 조그만 양조장에서 흘러나와 마당 밖으로 퍼져 나갔다. 농가 부엌 너머에 있는 이 양조장은 존스 시대에는 사용되지 않았다. 누군가가 그것은 보리 삶는 냄새라고 말했다. 동물들은 그 구수한 냄새를 허기지게 맡으며 저녁 식사 때 따뜻한 여물이 나올 것이라고 생각했다. 그러나 그런 식사는 나오지 않았다. 그리고 그다음 일요일에는 이제부터 모든 보리는 돼지들을 위해서만 저장해 놓을 것이라는 발표가 있었다. 과수원 너머의 밭에는 이미 보리가 뿌려져 있었다. 그리고 돼지들은 날마다 맥주를 세 홉씩 배급받고 나폴레옹에게는 약 2리터가 할당된다는 소문이 돌았다. 그는 그것을 항상 크라운 더비 수프 그릇에 담아 먹는다고 했다.

고달픈 일들을 수없이 감내해야 했지만, 그래도 현재의 삶이 과거보다 훨씬 더 품위 있다는 사실이 그 고달픔을 덜어 주었다. 노래를 더 많이 불렀고, 연설도 더 많았고, 행진도 더 자주 했다. 나폴레옹은 1주일에 한 번씩 이른바 〈자진 시위〉라는 행사를 열도록 명령했다. 동물 농장의 투쟁과 승리를 축하하는 것이 시위의 목적이었다. 지정된 시간에 동물들은 작업을 중단하고 군대식 편제를 해 농장 구내를 한 바퀴 돌며 행진을 했는데 돼지들이 선두에 서고 그다음에 말, 암소, 양, 그리고 닭과 거위를 위시한 가금류가 뒤를 따랐다. 개들은 행렬의 양쪽 옆에서 걸었고 나폴레옹의 검은 수탉들은 전체 대열의 선두를 이끌었다. 복서와 클로버는 언제나 발굽과 뿔이 그려져 있고 〈나폴레옹 동지 만세〉라고 적힌 녹색 깃발의 양쪽 끝을 들고 행진했다. 행진이 끝나면 나폴레옹을 찬양하는 시들이 낭송되고 스퀼러가 최근의 식량 증산 수치를 밝히는 연설을 하고 때로는 총포 발사도 했다. 양들은 자진 시위에 가장 열성적이었는데, 간혹 누군가가 이 행사는 시간 낭비이고 추위에 떨며 오래 서 있는 것에 불과하다고 불만을 터뜨리기라도 하면(몇몇 동물들은 돼지와 개가 주위에 없을 때 그렇게 말하기도 했다) 양들이 〈네 다리는 좋고 두 다리는 나쁘다〉라고 큰 소리로 외치면서 입을 확실히 다물게 했다. 그러나 대체로 동물들은 이 축하 행사를 즐겼다. 어쨌거나 그들은 자기들이 농장의 진정한 주인이고 따라서 하는 일도 다 자기들의 이익을 위한 것이라며 스스로 위로했다. 그리하여 노래와 행진, 스퀼러의 통계 수치, 우렁찬 총포 소리, 젊은 수탉의 울음소리, 펄럭이는 깃발 등으로 동물들은 배고픔을 잠시나마 잊어버릴 수 있었다.

4월이 되자 동물 농장은 공화국을 선포했고 이어 대통령을 선출해야 했다. 후보자는 나폴레옹 한 명뿐이었고 그는 만장일치로 대통령에 선출되었다. 바로 그날 스노볼과 존스 사이의 공모 관계를 더욱 상세히 밝혀 주는 새로운 문서들이 발견되었다. 동물들은 스노볼이 〈외양간 전투〉에서 전술을 구사해 동물들에게 패배를 안겨 주려 했던 것으로 알고 있었는데 이번 문건이 발견되면서 그는 아예 처음부터 존스 편에 서서 싸운 것으로 밝혀졌다. 사실 인간 군대의 지휘자가 되어 〈인간 만세!〉

를 외치며 전투에 뛰어든 자도 스노볼이라는 것이었다. 일부 동물들이 아직 기억하고 있는 스노볼의 등에 난 상처도 나폴레옹의 이빨에 물어뜯겨 생긴 것이라고 했다.

여름이 중반에 접어들 무렵 수년 동안 자취를 감췄던 까마귀 모세가 농장에 갑자기 나타났다. 그는 조금도 변하지 않았으며 일은 여전히 하지 않은 채 예전 말투 그대로 얼음사탕 산에 대한 이야기를 지껄였다. 그는 나무 그루터기에 앉아 검은 날개를 퍼덕거리며 자신의 이야기를 들어 주는 동물들이 있으면 붙잡고 한 시간씩이나 이야기를 늘어놓았다. 「동지들, 저기 위쪽에.」 그는 커다란 부리로 하늘을 가리키며 엄숙하게 말하곤 했다. 「저기 위쪽, 검은 구름 저 너머에 〈얼음사탕 산〉이 있어. 우리 같은 불쌍한 동물들이 일하지 않고 영원히 편히 쉴 수 있는 행복한 나라가 있단 말이야!」 그는 하늘 높이 날아 거기에 가본 적이 있는데, 사시사철 토끼풀이 풀밭에 널려 있고 아마인 깻묵과 각설탕이 산울타리에서 자라고 있는 것을 직접 눈으로 보았다고 주장했다. 많은 동물들은 그의 말을 믿었다. 그들이 생각하기에 현재 자신들의 삶은 배고프고 고달팠다. 그런데 여기 아닌 다른 어딘가에 현재보다 더 나은 세계가 있을지 모른다고 생각한다 해서 과연 잘못되고 옳지 못한 것일까? 한 가지 이해할 수 없는 것은 모세에 대한 돼지들의 태도였다. 그들은 이구동성으로 얼음사탕 산에 대한 그의 이야기가 모두 거짓말이라고 경멸조로 말하면서도 그에게 일을 시키지도 않고 매일 맥주 한 홉씩 제공하면서 농장에 살도록 허용했다.

복서는 발굽이 낫자 전보다 더 열심히 일했다. 실제로 모든 동물들은 그해에 노예처럼 일했다. 농장의 정규 작업과 풍차 재건 사업 외에 3월부터 시작된 어린 돼지들을 위한 교실 건설 공사도 있었다. 충분히 먹지 못하고 장시간을 일한다는 게 견디기 어려웠지만 복서는 결코 비틀거리지 않았다. 그가 내뱉는 말이나 일하는 모습으로 보아 힘이 예전만 못하다는 기미는 어디에도 없었다. 예전과 조금 달라진 게 있다면 그건 그의 겉모습이었다. 가죽은 전에 비해 윤기를 잃었고 커다란 궁둥이는 살이 좀 빠진 것 같았다. 다른 동물들은 〈복서는 봄에 돋아나는 새 풀을 먹으면 살이 찔 거야〉라고 말했다. 그러나 봄이 왔는데도 복서는 살이 찌지 않았다. 이따금씩 채석장 꼭대기로 올라가는 비탈길에서 거대한 돌의 무게를 온 힘을 다해 떠받치고 있을 때, 복서는 오로지 일을 계속해야 한다는 일념으로 두 다리를 지탱하는 것처럼 보였다. 그럴 때 〈더 열심히 일하자〉라는 말을 하려고 그의 입술이 움직거렸지만 힘에 부쳐 목소리는 나오지 않았다. 클로버와 벤저민은 다시 한 번 그에게 몸조심하라고 충고했지만 그는 듣지 않았다. 그의 열두 번째 생일이 다가오고 있었다. 그는 은퇴해서 연금을 받기 전에 돌을 충분히 쌓아 놓아야 한다고 입버릇처럼 말했고 그 외의 일은 전혀 신경 쓰지 않았다.

어느 여름날 늦은 저녁에 복서에게 무슨 일이 일어났다는 갑작스런 소식이 농장에 퍼졌다. 그가 돌무더기를 풍차 공사장으로 나르기 위해 혼자 일하러 갔다는 것이었다. 그 소식은 사실이었다. 잠시 후 비둘기 두 마리가 소식을 전하러 날아왔다. 「복서가 쓰러졌습니다! 옆으로 쓰러져 일어나지 못하고 있어요!」

농장의 거의 절반에 가까운 동물들이 풍차가 건설되고 있는 언덕으로 뛰어 올라갔다. 복서는 마차의 굴대 사이에 목이 끼어 머리를 들지 못한 채 누워 있었다. 그의 눈동자는 흐릿했고 옆구리는 온통 땀으로 젖어 있었다. 입에서는 피가 한 줄기 흘러나왔다. 클로버는 그 옆에 무릎을 꿇고 앉아 외쳤다. 「복서! 어찌 된 일이야?」

복서가 희미한 목소리로 말했다. 「폐를 다쳤어. 난 괜찮아. 내가 없어도 네가 풍차 공사를 끝낼 수 있을 테지. 돌을 꽤 많이 모아 놓았어. 어차피 난 한 달밖에 남지 않았어. 너한테만 말하지만 난 정말로 은퇴할 날을 기다려 왔어. 그리고 어쩌면 벤저민도 늙었으니 함께 은퇴해 동무처럼 지낼 수 있을 거야.」

「빨리 치료해야 해요. 누군가가 빨리 가서 스퀼러에게 전해 줘요.」 클로버가 말했다.

다른 동물들은 일제히 본채로 달려가 스퀼러에게 소

식을 전했다. 클로버와 벤저민만이 남아 있었다. 벤저민은 복서 옆에 앉아 아무 말 없이 긴 꼬리로 파리를 쫓아주었다. 15분쯤 지나 스퀼러가 동정과 걱정이 가득 찬 표정을 지으며 나타났다. 스퀼러는 나폴레옹 동지가 농장에서 가장 충성스런 일꾼들 가운데 하나인 복서에게 일어난 불운한 소식을 접하고서 비통한 심정으로 복서를 윌링던에 있는 병원으로 보내 치료받을 수 있도록 조치를 이미 해놓았다는 말을 전했다. 동물들은 이 말을 듣고 약간 불안해지기 시작했다. 몰리와 스노볼을 제외하고 농장을 떠난 동물은 하나도 없었다. 게다가 아픈 동료를 인간의 손에 맡긴다는 것은 있을 수가 없었다. 그러나 스퀼러는 윌링던의 수의사가 복서를 농장에서보다 훨씬 잘 치료해 줄 수 있다고 간단히 동물들을 설득시켰다. 그리고 30분쯤 지나자 복서는 다소 회복이 되어 간신히 다리를 일으켜세워 마구간까지 걸어갈 수 있었다. 클로버와 벤저민은 짚단으로 훌륭한 침대를 만들어 그가 편히 쉴 수 있게 해주었다.

그 후 이틀 동안 복서는 마구간에서 쉬었다. 돼지들은 욕실 약상자에서 찾은 분홍색 약이 든 커다란 병을 복서에게 보내 주었다. 클로버는 하루에 두 번씩 식사 후에 복서에게 약을 먹였다. 밤이 되면 그녀는 복서의 마구간으로 가서 함께 이야기를 나누었고 벤저민은 주위의 파리를 쫓아 주었다. 복서는 이번 일을 슬퍼하지 않는다고 말했다. 완쾌되면 앞으로 3년은 더 살 것이고 큰 방목장 한구석에서 여생을 평화스럽게 보낼 것이라고 말했다. 처음으로 공부도 해보고 마음 수양할 시간도 가지게 될 것이었다. 그는 아직까지 외우지 못한 알파벳의 나머지 스물두 글자를 암기하면서 여생을 보낼 것이라고 말했다.

그러나 벤저민과 클로버는 작업 시간이 끝난 뒤에야 복서와 같이 있을 수 있었고, 그날 한낮에 복서를 실어 갈 유개마차가 동물 농장에 왔다. 동물들은 모두 한 돼지의 감독을 받으며 순무밭의 잡초를 뽑고 있었다. 바로 그때 벤저민이 농장 건물 쪽에서 있는 힘을 다해 소리를 지르며 뛰어오는 것을 보고 동물들은 깜짝 놀랐다. 그들은 벤저민이 그렇게 흥분하여 날뛰는 모습은 처음 보았다. 그가 외쳤다. 「빨리, 빨리! 빨리 와! 그자들이 복서를 끌고 가려 해!」 동물들은 돼지의 지시가 떨어지기도 전에 즉시 일손을 놓고 농장 건물로 달려갔다. 정말로 말 두 필이 끄는 커다란 유개마차가 마당에 서 있었고 마차 옆에는 뭔가가 씌어 있었다. 그리고 마부석에는 나지막한 중산모를 쓴 인상이 교활해 보이는 한 남자가 앉아 있었다. 복서의 마구간은 비어 있었다.

동물들은 마차 주위에 몰려들었다. 「잘 가, 복서! 잘 가!」 그들은 일제히 말했다.

「이런, 바보들! 바보들 같으니라고!」 벤저민은 그들 주위를 뛰어다니고 작은 발굽으로 땅을 구르며 소리쳤다. 「바보들! 마차 옆에 뭐라고 쓰였는지 보이지 않아?」

동물들은 그 소리를 듣고 잠시 조용해졌다. 뮤리엘이 글자를 더듬더듬 읽으려 하자 벤저민이 그녀를 밀치고 나와 쥐 죽은 듯한 고요 속에서 글자를 읽어 내려갔다.

「앨프리드 시몬스, 폐마 도살업 및 아교 제조업, 윌링던. 피혁과 골분 매매. 개집 공급. 저것이 무슨 뜻인지 정말 모르겠어? 복서를 폐마 도축업자한테 넘기려는 거야.」

동물들로부터 일제히 공포에 찬 외마디 비명이 터져 나왔다. 바로 이때 마부석에 앉아 있던 남자가 말에 채찍질을 가하자 마차는 마당을 미끄러지듯 빠져나갔다. 동물들은 모두 있는 힘을 다해 소리를 지르며 마차 뒤를 쫓아갔다. 클로버가 다른 동물들을 헤치며 앞으로 나왔다. 마차는 이미 속력을 내기 시작했다. 클로버는 뚱뚱한 네 다리로 있는 힘을 다해 뛰어 보았지만 굼떠서 도저히 따라잡을 수 없었다. 「복서!」 그녀가 소리쳤다. 「복서! 복서! 복서!」 바로 그 순간, 바깥의 소동을 듣기라도 한 듯 코 밑에 흰 줄무늬가 나 있는 복서의 얼굴이 마차 뒤쪽에 난 조그만 창문 안에 나타났다.

「복서!」 클로버가 공포에 질린 목소리로 외쳤다. 「복서! 뛰어내려! 어서 뛰어내려! 저들이 너를 데려가 죽이려고 한단 말이야!」

모든 동물들은 일제히 〈뛰어내려요, 복서, 뛰어내려!〉라고 외쳐 댔다. 그러나 마차는 이미 속력을 내 그들로부터 점차 멀어져 갔다. 복서가 클로버의 외침 소리를 알아들었는지 어떤지는 알 수 없었다. 그러나 잠시 후 그의 얼굴이 창문에서 사라지더니 마차 안에서 쿵쿵 발길질하는 소리가 크게 들려왔다. 그는 발로 마차를 부숴 밖으로 빠져나오려 하고 있었다. 옛날 같으면 발길질 서너 번만 해도 마차는 산산조각이 나고 말았을 것이다. 그러나 어쩌겠는가! 그에게는 이제 힘이 없었다. 잠시 동안 쿵쿵거리며 발길질하던 소리는 점차 희미해지더니 완전히 사라져 버렸다. 동물들은 필사적으로 마차를 끌고 가는 두 마리의 말에게 멈춰 달라고 호소하기 시작했다. 「동지들! 동지들!」 그들은 소리쳤다. 「당신의 형제를 죽음으로 끌고 가지 말아요!」 그러나 바보 같은 이 짐승들은 너무 무식해서 지금 무슨 일이 일어나고 있는지 도통 알지 못했고 귀를 뒤로 젖힌 채 갈 길만 바삐 서두를 뿐이었다. 복서의 얼굴은 창문에 다시 나타나지 않았다. 누군가가 먼저 정문으로 달려가 다섯 개의 가로대를 닫으려는 생각도 해보았지만 때는 이미 늦었다. 마차는 곧장 문을 빠져나가 빠르게 도로 아래로 사라지고 있었다. 복서는 다시는 보이지 않았다.

사흘 후에 복서는 윌링던에 있는 병원에서 말이 받을 수 있는 치료는 모두 받아 보았으나 끝내 죽었다고 발표되었다. 스퀼러가 동물들에게 이 소식을 전하러 왔다. 그는 복서가 숨을 거두기 전 몇 시간 동안 그의 곁에 있었다고 말했다.

「그건 내 평생 가장 감동적인 장면이었습니다!」 스퀼러는 앞다리를 들어 눈물을 닦으며 말했다. 「나는 그가 임종할 때까지 그의 침대 옆을 지키고 있었습니다. 그리고 복서는 거의 말할 기운이 없는 마지막 순간에도 내 귀에 대고 풍차가 완성되는 걸 보지 못하고 눈을 감는 것이 그저 슬플 뿐이라고 속삭였습니다. 그는 또 〈동지들! 전진합시다. 반란의 이름으로 전진합시다! 동물 농장 만세! 나폴레옹 동지 만세! 나폴레옹 동지는 언제나 옳습니다!〉라고 말했습니다. 동지들, 그게 그가 한 마지막 말이었소.」

여기서 스퀼러의 태도가 갑자기 바뀌었다. 그는 잠시 아무 말도 하지 않다가, 눈동자를 굴리며 의심에 찬 눈길을 이리저리 보내더니 말을 이었다.

복서가 실려 나갈 때 얼토당토않은 소문이 나돌았다, 일부 동물들이 복서를 싣고 간 마차에 〈폐마 도살업〉이라고 쓰인 것을 보고 그가 폐마 도축업자에게 넘겨졌다고 성급한 결론을 내린 것이다, 그렇게 생각하는 멍청한 동물이 있다니 참으로 믿을 수 없다. 스퀼러는 화가 나서 꼬리를 흔들고 이리저리 뛰어다니며 소리를 꽥꽥 질러 댔다. 친애하는 나폴레옹 동지가 겨우 그 정도로밖에는 보이지 않느냐는 것이었다. 그러나 그의 설명은 의외로 간단했다. 복서를 실어 간 그 마차는 원래 폐마 도축

업자의 소유였는데, 수의사가 마차를 산 후에 옛 이름을 미처 지우지 못했다는 것이었다. 스퀼러는 그것 때문에 동물들 사이에 오해가 생겼다고 말했다.

동물들은 그의 이야기를 듣고 크게 안심했다. 그리고 스퀼러는 복서의 임종 모습을 그림 그리듯이 생생하게 묘사했다. 그에게 최고의 치료를 해주었고 나폴레옹이 비용에 구애받지 않고 모든 값비싼 약을 쓰도록 해주었다고 설명했다. 이제 동물들의 마지막 의심은 사라졌고, 자기 동지가 적어도 편안하게 숨을 거두었다는 생각에 그의 죽음에 대한 슬픔을 어느 정도 달랠 수 있었다.

나폴레옹은 그다음 일요일 회의에 직접 참석해 복서를 찬양하는 짤막한 연설을 했다. 애통하게도 동지의 유해를 가져와 농장에 묻는 것은 불가능하지만, 본채 정원에서 자라는 월계수로 커다란 화환을 만들어 복서의 무덤에 갖다 놓으라는 명령을 내렸다. 그리고 며칠 뒤에 돼지들은 복서를 기리기 위한 추모연을 열기로 했다고 말했다. 나폴레옹은 복서가 즐겨 말하던 두 개의 좌우명 〈더 열심히 일하자!〉와 〈나폴레옹 동지는 언제나 옳다〉를 상기시키고, 동물들은 각자 이 두 가지를 자신들의 좌우명으로 삼으면 좋을 것이라고 덧붙이며 연설을 끝냈다.

추모연이 예정되어 있던 날, 윌링던에서 온 식료품 가게의 마차 한 대가 농장 본채 앞에 커다란 나무 상자를 내려놓고 갔다. 그날 밤 떠들썩한 노랫소리가 들리기 시작하더니 이어서 격렬하게 싸우는 소리가 들렸고, 11시쯤 유리그릇이 와장창 깨지는 소리로 끝이 났다. 다음 날 정오가 될 때까지 농장 본채에는 누구 하나 보이지 않았다. 그런데 돼지들이 어딘가에서 돈을 마련해 위스키 한 상자를 샀다는 소문이 나돌았다.

10

　여러 해가 흘렀다. 계절들이 여러 번 왔다 가고, 짧은 동물들의 생애는 어느덧 빠르게 흘러갔다. 클로버, 벤저민, 까마귀 모세, 그리고 상당수의 돼지들을 제외하고는 반란 전의 옛 시절을 기억하는 동물은 하나도 없었다.

　뮤리엘은 죽었고 블루벨, 제시, 핀처도 죽었다. 존스도 죽었다. 그는 영국 땅 어딘가에 있는 알코올 중독자 수용 시설에서 눈을 감았다. 스노볼은 기억에서 사라졌다. 복서에 대한 기억도 그를 알고 있는 몇몇 동물들을 빼고는 사라졌다. 클로버는 이제 늙고 살찐 암말이 되었다. 관절은 굳어지고 눈에서는 분비물이 흘러내렸다. 그녀는 정년을 벌써 2년이나 넘기고 있었다. 사실, 은퇴한 동물은 한 마리도 없었다. 나이 들어 은퇴한 동물들을 위해 방목장 한구석을 마련해 주겠다던 이야기는 이미 사라진 지 오래였다. 나폴레옹은 이제 몸무게가 150킬로그램이나 나가는 성숙한 수돼지가 되었다. 비대한 스퀼러는 얼굴에 살이 너무 많이 붙어 가뜩이나 작은 눈이 더 가늘어져 앞을 잘 볼 수 없었다. 벤저민 영감만이 예나 지금이나 거의 같았다. 다만 콧등 부분이 좀 우중충하게 허예졌고 복서가 죽은 이후로 더 시무룩해져 말수가 줄어들었을 뿐이었다.

이제 농장에는 초창기에 기대했던 만큼은 아니지만 그래도 식구가 많이 늘어나 있었다. 많은 동물들이 새로 태어났으며 그들에게 반란은 단지 입에서 입으로 전해지는 희미한 전통에 불과했다. 그리고 팔려서 이곳에 온 동물들은 그 전에 그런 얘기는 들어 본 적도 없었다. 농장에는 클로버 외에 세 마리의 말이 더 있었다. 그들은 몸매가 늘씬하고 일 잘하는 일꾼이고 괜찮은 동지였지만 머리는 무척 우둔했다. 그들 중 누구도 알파벳 A와 B 이상은 외우지 못했다. 그들은 반란이나 동물주의의 본질에 대해 듣는 것은 무엇이나 그대로 받아들였다. 특히 자신들이 부모처럼 섬기는 클로버가 하는 말이면 무조건 믿었다. 그러나 그 이야기를 얼마나 이해하고 있는지는 의심스러웠다.

농장은 이제 더 번창하고 잘 조직되어 있었다. 필킹턴에게서 밭 두 군데를 사들여 농장의 규모도 훨씬 커졌다. 풍차 건설도 드디어 성공적으로 마무리했고 탈곡기와 건초 떠올리는 기계도 장만했고 여러 채의 새 건물도 지었다. 휨퍼도 이륜마차 한 대를 사서 타고 다녔다. 풍차는 전기를 생산하는 데는 결국 사용되지 못했다. 다만 옥수수를 빻는 데 쓰여 상당한 돈을 벌어들이게 해주었다. 동물들은 또 하나의 풍차를 건설하느라 피땀을 흘리고 있었다. 이것이 완성되면 발전기가 설치될 거라고 했다. 그러나 한때 스노볼이 동물들에게 불어넣었던 꿈같은 사치, 즉 전등불이 들어오고 냉온수가 나오는 우리와 1주일에 사흘만 일하면 된다는 말들은 이제 입에 담지 않았다. 나폴레옹은 그런 생각은 동물주의 정신에 위배된다고 비난했다. 가장 참다운 행복은 열심히 일하고 검소하게 사는 데 있다고 말했다.

여하튼 동물들은 잘사는 것 같지 않은데(물론 돼지들과 개들은 빼고) 농장은 더 부유해진 것 같았다. 어쩌면 돼지들과 개들의 숫자가 불어난 것도 그 한 원인이 되었을 것이다. 돼지들과 개들도 나름대로 일을 하지 않는 것은 아니었다. 스퀼러가 입에 침이 마르도록 설명한 대로 그들은 농장 일을 감독하고 조직하는 데 할 일이 많았다. 이런 일들 중 상당 부분은 무지한 다른 동물들로서는 이해할 수 없는 것이었다. 예를 들어 스퀼러는 돼지들은 〈문서〉, 〈보고서〉, 〈의사록〉, 〈각서〉와 같은 알 수 없는 것들에 매일 엄청난 노력을 쏟아부어야 한다고 말했다. 이런 것들은 글씨로 뒤덮인 커다란 종잇조각으로 글씨가 다 채워지면 즉시 아궁이에 던져져 태워졌다. 이 일은 농장의 복지를 위해 아주 중요하다고 스퀼러가 말했다. 그러나 돼지들과 개들은 자신들의 노동으로 어떤 식량도 생산해 내지 못했다. 게다가 그들의 수는 굉장히 불어났고 식욕도 늘 왕성했다.

다른 동물들의 삶은 그들이 알기로는 예나 지금이나 언제나 그렇고 그랬다. 그들은 늘 배가 고팠고, 짚 더미 위에서 잠을 잤고, 우물에서 물을 길러 마셨고, 밭에서 일했고, 겨울에는 추위에 떨었고, 여름엔 파리 떼에게 시달렸다. 나이 먹은 동물들은 이따금씩 자신들의 흐릿한 기억을 더듬어 존스가 쫓겨난 직후의 반란 초기 시절의 상황이 지금보다 더 살기 좋았는지 더 나빴는지를 판단해 보려고 했다. 그러나 기억이 도무지 나지 않았다. 그들의 현재 생활과 비교해 볼 만한 것이 아무것도 없었다. 스퀼러가 발표하는 통계 숫자를 빼고는 판단해 볼 자료라곤 없었다. 그 통계 숫자는 한결같이 모든 게 순조롭게 잘되어 가고 있다는 내용뿐이었다. 그들로선 이 문제는 풀 수 없는 것이었다. 어쨌든 그들은 지금 이런 문제에 매달려 있을 시간이 없었다. 단지 벤저민 영감만이 긴 자기 생애의 모든 일들을 자세히 기억하고 있다고 말했다. 그의 말에 따르면, 지금 농장의 사정은 옛날보다 좋아지지도 나빠지지도 않았고, 그렇다고 좋아질 수도 나빠질 수도 없는 노릇이며, 배고픔과 고난과 실망은 삶의 불변의 법칙이라는 것이었다.

그러나 동물들은 희망을 절대 버리지 않았다. 더욱이

그들은 자신이 동물 농장의 일원이라는 영예와 특권을 한 순간도 잊은 적이 없었다. 이 농장은 영국 땅 전체에서 동물들이 경영하는 유일한 곳이었다. 그들 중 어느 누구도, 심지어 어린 새끼들조차도, 20~30킬로미터 떨어진 다른 농장에서 들여온 신참 동물들마저도 이 사실에 경탄을 보내지 않을 수 없었다. 그리고 축하의 총포가 발사되는 소리를 듣고, 녹색 깃발이 게양대 꼭대기에서 펄럭이는 것을 보면서 그들의 마음은 한없는 긍지로 부풀어 올랐고, 항상 그 옛날 영웅적 시절로 돌아가 존스를 추방했던 일, 7계명을 만들던 일, 침략자 인간들을 물리쳤던 위대한 전투들에 대해 이야기꽃을 피웠다. 그들은 옛 꿈 어느 것 하나도 버리지 않고 있었다. 메이저가 예언한 동물 공화국의 꿈을 아직 믿고 있었다. 영국의 푸른 들판이 인간들의 발에 더 이상 짓밟히지 않을 그날이 온다는 꿈을. 언젠가는 그날이 올 것이다. 그렇게 빨리는 오지 않을지도 모른다. 지금 있는 동물들의 살아생전에는 오지 않을지 모르지만 그래도 그날은 오고야 말 것이다. 그리고 「영국의 짐승들」인 것 같은 노랫가락이 여기저기에서 조용히 흘러나왔다. 어쨌든 농장의 동물들은 이 노래를 모두 다 알고 있었지만, 어떤 동물도 감히 큰 소리로 부르지는 못했다. 비록 그들의 삶은 고달프고 또 그들의 희망이 모두 성취된 것은 아니지만, 동물들은 자신들이 다른 동물들과는 다르다고 느꼈다. 그들이 굶주린다면 그것은 독재자 인간들을 먹여 살리기 위한 것이 아니었다. 열심히 일을 했다면 그것은 적어도 자신들을 위해 그렇게 했다. 그들 중 누구도 두 다리로 걷지 않았다. 어떤 동물도 커다란 동물을 〈주인님〉이라 부르지 않았다. 모든 동물들은 평등했다.

초여름 어느 날, 스퀼러는 양들에게 자신을 따라오라고 명령하고는 농장 끝 어린 자작나무들이 자라고 있는 황무지로 데려갔다. 양들은 스퀼러의 감독으로 자작나무 잎을 뜯어 먹으며 하루를 보냈다. 저녁 무렵 스퀼러는 날씨가 따뜻하니 양들에게 거기 남아 있으라고 말하고 혼자 농장 본채에 돌아왔다. 양들은 1주일 내내 거기에 머물러 있었고 그동안 다른 동물들은 그들을 볼 수 없었다. 스퀼러는 매일 대부분의 낮 시간을 그들과 함께 보냈다. 그는 그들에게 노래 한 곡을 새로 가르쳐 줄 테니 비밀을 지켜야 한다고 말했다.

양들이 돌아온 직후 어느 상쾌한 저녁에 동물들이 하루의 일과를 마치고 농장 우리로 돌아오고 있었다. 그때 마당에서 소스라치게 놀란 듯한 말 울음소리가 들려왔다. 깜짝 놀라 동물들이 가던 길을 멈추었다. 그것은 클로버의 소리였다. 그녀는 또 울음소리를 냈다. 그래서 동물들은 모두 서둘러 마당으로 뛰어갔다. 거기서 그들은 클로버가 봤던 것을 똑똑히 지켜보았다.

돼지 한 마리가 두 발로 서서 걷고 있었다.

그랬다. 그 돼지는 스퀼러였다. 그런 자세로 자신의 큼지막한 몸뚱이를 지탱하는 데 익숙하지 않은 것처럼 뒤뚱뒤뚱하며 걸었다. 그렇지만 균형을 제대로 잡고 마당을 천천히 걷고 있었다. 그다음 순간 농장 본채 문에서 돼지들이 긴 열을 지어 뒷다리로 걸으며 나타났다. 잘 걷는 돼지도 있고 잘 못 걷는 돼지도 있었다. 한두 마리 정도가 자세가 위태로워 지팡이에 의존하려는 모습이 보이긴 했지만 대부분은 마당을 여유 있게 잘 걸어다녔다. 그리고 마침내 개들의 무시무시한 울부짖음과 검은 수탉들의 날카로운 소리가 들리더니 나폴레옹이 좌우로 오만한 시선을 던지며 근엄하고 당당한 자세로 나타났다. 개들이 그의 주위를 뛰어다녔다.

그는 앞발에 채찍을 들고 있었다.

쥐 죽은 듯이 고요했다. 입을 다물지 못할 정도로 놀라고 겁에 질린 동물들은 한자리에 모여 돼지들이 긴 행렬을 지어 마당을 천천히 돌고 있는 모습을 지켜보았다. 마치 온 세상이 뒤집힌 것 같았다. 첫 번째 충격이 좀 누그러지자 동물들은 개들의 위협에도 불구하고, 무슨 일이 일어나더라도 결코 불평하지도 비판하지 않던, 그 오랜 세월 동안 몸에 밴 습관에도 불구하고 몇 마디 항의하려고 했다. 바로 그때 무슨 신호라도 받은 듯 양들이 일제히 목청을 높여 소리를 지르기 시작했다.

「네 다리는 좋고, 두 다리는 더욱 좋다! 네 다리는 좋

고, 두 다리는 더욱 좋다! 네 다리는 좋고, 두 다리는 더욱 좋다!」그 외침은 5분 동안이나 쉼 없이 계속되었다. 양들이 입을 다물었을 때는 돼지들이 이미 본채로 다 돌아간 뒤라 항의를 해봤자 아무 소용이 없었다.

벤저민은 누군가가 자기 어깨에 코를 문지르는 것을 느꼈다. 뒤돌아보니 클로버였다. 늙은 그녀의 두 눈은 더 흐릿해 보였다. 그녀는 아무 말도 하지 않고 부드럽게 벤저민의 갈기를 끌고 7계명이 적혀 있는 커다란 창고 끝으로 데려갔다. 잠시 그들은 흰 글씨가 씌어 있는 타르칠을 한 벽을 바라보며 서 있었다.

마침내 클로버가 입을 열었다. 「난 시력이 나빠. 하긴 젊었을 때도 저기 씌어 있는 것을 읽을 수 없었어. 하지만 저 벽은 달라 보여. 7계명이 그대로 있어, 벤저민?」

벤저민은 남의 일에 끼어들지 않는다는 자신의 규칙을 이번만은 깨뜨리기로 하고 벽에 쓰인 것을 큰 소리로 읽어 주었다. 거기엔 7계명은 온데간데없고 단 하나의 계명만 남아 있었다.

모든 동물은 평등하다.
그러나 어떤 동물은 다른 동물보다 더 평등하다.

다음 날 농장 일을 감독하는 돼지들은 전부 앞발에 회초리를 들고 있었지만 그것은 이상하게 보이지 않았다. 돼지들이 라디오를 구입하고 전화를 가설하고 「존 불」이니 「팃 비츠」니 「데일리 미러」 같은 신문과 잡지에 정기 구독을 신청했다는 사실이 알려졌지만 이상해 보이지 않았다. 나폴레옹이 파이프를 물고 농장 정원을 산책하는 모습이 눈에 띄어도 이상하지 않았다. 그랬다, 이상하지 않았다. 돼지들이 존스 씨의 옷장에서 옷을 꺼내 입어도, 나폴레옹이 검은색 코트에 반바지 사냥복을 입고 가죽 각반을 차고 나타나도, 또 그의 총애를 받는 암퇘지가 존스 부인이 일요일이면 입던 물결무늬 비단 옷을 입고 나타나도 이상해 보이지 않았다.

1주일이 지난 어느 날 오후, 몇 대의 이륜마차가 농장으로 올라왔다. 이웃 농장주 대표단이 동물 농장 시찰에 초대된 것이었다. 그들은 농장의 이곳저곳을 둘러보며 보는 것마다 칭찬을 아끼지 않았다. 특히 풍차에 대해선 엄청난 찬사의 말을 늘어놓았다. 동물들은 순무밭에서 잡초를 뽑고 있었다. 그들은 돼지들과 방문객인 인간들 중 어느 쪽이 더 무서운지 알 바 아니라는 듯 얼굴을 땅에 처박고 묵묵히 일만 했다.

그날 밤 왁자지껄한 웃음소리와 커다란 노랫소리가 농장 본채에서 흘러나왔다. 그리고 돼지들과 인간들의 소리가 뒤섞여 나오자, 동물들은 갑자기 호기심이 발동했다. 처음으로 동물들과 인간들이 평등한 자격으로 만나는 그 자리에서 지금 무슨 일이 일어나고 있는 것일까? 그들은 모두 모여 본채 정원으로 살금살금 다가가기 시작했다.

대문에 당도하자 집 안으로 들어가기가 겁이 나 발걸음을 주춤했다. 그러나 클로버가 먼저 정원으로 들어갔다. 그들은 조용조용 클로버를 따라 집에 다가갔고 키가 큰 동물들은 식당 창문을 통해 안을 들여다보았다. 여섯 명의 농장주와 여섯 마리의 간부급 돼지들이 기다란 식탁에 빙 둘러 앉았고 나폴레옹은 상석을 차지하고 있었다. 의자에 앉아 있는 돼지들의 모습이 아주 자연스러워 보였다. 그들은 카드놀이를 즐기다가 축배를 들기 위해 잠시 쉬는 중이었다. 커다란 항아리가 돌았고 잔에는 맥주가 가득 채워졌다. 동물들이 창문에 붙어 서서 안을 들여다보고 있다는 사실을 아무도 눈치채지 못했다.

폭스우드 농장의 필킹턴 씨가 한 손에 맥주잔을 들고 일어섰다. 그는 일동에게 건배를 청할 생각인데 그에 앞서 꼭 할 말이 있다고 말했다.

오랫동안 서로에게 쌓여 온 불신과 오해가 이제 말끔히 풀어졌다고 생각하니 기쁘기 그지없다. 여기 이 자리에 모인 다른 사람들도 확실히 나와 똑같은 생각을 할 것이다. 나나 여기 참석한 사람들은 그런 생각을 한 적이 없지만, 한때 동물 농장 이웃에 사는 인간들이 이 농장의 존경받는 경영자들에게 적대감 비슷한 의심의 눈길을 보낸 적이 있다. 불행한 사건들도 일어났고 서로 간에 오해도 있었다. 돼지들이 소유하고 경영하는 농장의 존재가 무언가 정상이 아니고 이웃 농장에 불안감을 주기 쉽다고 느낀 때도 있었다. 많은 농장주들이 알아보지도 않고 동물 농장에 방종과 무질서가 판을 친다고 생각했다. 동물 농장이 자기 동물들, 심지어 인간 일꾼들에게까지도 나쁜 영향 영향을 끼치지 않을까 신경이 이만저만 쓰이는 게 아니었다. 그러나 이 모든 의심들은 이제 다 해소되었다. 오늘 나와 내 친구들이 동물 농장을 방문하여 농장의 구석구석을 두 눈으로 확인해 보았는데 과연 무엇을 발견했을까? 바로 최신 경영 방식과 모든 농장주들이 본받아야 할 규율과 질서를 발견했다. 동물 농장의 하층 동물들이 이 나라의 어떤 동물들보다 일은 더 많이 하면서도 식량은 더 적게 배급받는 이런 정책은 당연하다. 실제로 나와 동료 방문객들은 오늘 많은 의미 있는 것들을 봤는데 우리 농장에도 즉시 그것들을 도입할 생각이다.

그는 동물 농장과 이웃 농장들 사이에 존재하고 있고 또 앞으로 계속 존재해야 할 우정을 다시 한 번 강조하면서 인사말을 끝내겠다고 말했다. 돼지들과 인간들 사이에는 어떤 이해관계의 충돌도 없었고 또 그럴 필요도 전혀 없다. 우리의 투쟁과 우리의 어려움은 같은 것이다. 노동 문제는 어디에서나 다 같은 것이 아닌가? 그쯤 해서 필킹턴 씨는 자신이 신경 써서 준비한 재치 있는 말을 좌중을 향해 던지려 하는 것이 분명했지만, 그 순간

말을 하기도 전에 스스로 도취되어 입이 떨어지지 않았다. 숨이 막혀 콜록거리자 그의 두꺼운 턱살이 벌겋게 달아올랐다. 그는 더듬거리며 겨우 입을 뗐다. 「만약 여러분에게 다루어야 할 하층 동물들이 있다면 우리 인간들에게도 다루어야 할 하층 계급이 있습니다!」 이 재치 있는 말을 듣고 좌중은 한바탕 웃음을 터뜨렸다. 그리고 필킹턴 씨는 그가 동물 농장에서 관찰한 대로 돼지들이 동물들에게 식량 배급은 적게 하면서도 일은 오랫동안 시키고, 제멋대로 행동하는 동물들이 대체로 없다는 사실에 대해 돼지들에게 다시 한 번 찬사를 보냈다.

그러고 난 뒤 마지막으로 일동에게 다 같이 일어서서 잔에 술을 채워 건배를 하자고 제의했다. 「여러분, 자 여러분, 여러분을 위해 건배합시다. 그리고 동물 농장의 번영을 위하여!」 필킹턴 씨는 말을 마쳤다.

건배를 외치는 열광적인 환호가 터졌고 발 구르는 소리가 났다. 나폴레옹은 대단히 만족하며 자리에서 일어났다. 그리고 식탁을 돌아 필킹턴 씨 자리 옆에 오더니 자신의 잔을 그의 잔에 쨍그랑 부딪히며 쭉 들이켰다. 환호가 가라앉자 서 있던 나폴레옹은 자신도 인사말을 하고 싶다는 뜻을 비쳤다.

나폴레옹의 연설은 항상 그랬듯이 간략하고 힘이 있었다. 오해의 시기가 끝이 나 나 또한 기쁘다, 나와 내 동료들의 견해가 파괴적이고 심지어 혁명적이기까지 하다는 소문(그는 악의를 품고 있는 적들이 퍼뜨렸다고 생각했다)이 오랫동안 나돌았다. 그리고 이웃 농장의 동물들을 선동해 반란을 일으키려 했다고도 알려져 있었다. 그러나 그건 절대로 사실이 아니다. 물론 과거에도 그랬고 지금도 동물 농장의 소망은 오직 이웃 농장들과 정상적인 거래를 하면서 평화롭게 살아 나가는 것이다. 아울러 내가 영광스럽게 관리하고 있는 이 농장은 협동 기업이며 내가 보관하고 있는 권리 증서는 돼지들의 공동 소유이다.

지난날 의혹들의 잔재가 아직 남아 있다고는 믿지 않는다. 최근에 농장의 일상적 관행들 중 일부를 고쳤는데 이는 이웃 농장들에게 더 큰 신뢰감을 심어 주는 데 효과가 있을 것이다. 지금까지 이 농장의 동물들이 서로를 〈동지〉라고 부르던 어리석은 습관은 앞으로 금지될 것이다. 도대체 어떻게 해서 시작된 것인지는 몰라도 매주 일요일 아침 마당의 기둥에 못을 박아 걸어 놓은 수퇘지의 두개골 앞을 행진하는 괴상한 관습 역시 금지될 것이다. 두개골은 이미 땅에 파묻어 버렸다. 방문객들은 게양대 꼭대기에서 펄럭거리는 깃발을 보았을 것이다. 그렇다면 예전에 거기에 그려져 있던 흰 발굽과 뿔 그림이 지금은 없어져 버린 것을 알아차렸을 것이다. 이제부터는 아무것도 없는 단순한 녹색 깃발이 될 것이다.

그는 또 필킹턴 씨의 탁월하고 우정 어린 연설에 한

가지 지적할 것이 있다고 말했다. 필킹턴 씨는 시종 〈동물 농장〉이라고 말하는데 물론 그가 모르고 그렇게 부른 것은 당연하다, 내가 이 자리에서 처음 공표하는 것이기 때문이다, 이제부터 〈동물 농장〉이라는 이름은 폐지될 것이다. 앞으로 농장은 〈매너 농장〉으로 불릴 것이고 이것이 농장의 원래 정확한 이름이다.

「여러분! 아까처럼 나도 건배를 하고 싶습니다. 하지만 이번에는 다른 방식으로 하겠습니다. 여러분 앞에 놓인 잔을 가득 채워 주십시오. 자 여러분, 건배합시다. 매너 농장의 번영을 위해!」

이번에도 환호성이 터져 나왔다. 그러고는 일제히 잔에 그득 담긴 술을 쭉 들이켰다. 그런데 밖에서 이 장면을 지켜보던 다른 동물들은 뭔가 이상한 일이 벌어지고 있음을 느꼈다. 돼지들의 얼굴이 바뀌고 있는데 도대체 뭐가 바뀐 것일까? 늙은 클로버의 희미한 눈이 돼지들의 얼굴을 차례차례 훑어보았다. 어떤 돼지는 턱이 다섯 개, 어떤 돼지는 네 개, 또 어떤 돼지는 세 개였다. 그런데 얼굴에서 뭔가가 녹아내리고 모양이 변하는 것 같은데 도대체 무엇일까? 박수갈채가 잠잠해지면서 일동은 카드를 꺼내 잠시 쉬었던 놀이를 계속했고, 밖에서 지켜보고 있던 동물들은 조용히 걸어 나왔다.

그러나 그들은 20미터도 채 가기 전에 갑자기 걸음을 멈추었다. 시끄러운 소리가 본채 바깥으로 흘러나왔다.

동물들은 뛰어가 창문을 다시 들여다보았다. 아니나 다를까, 격렬한 입씨름이 대판 벌어지고 있었다. 고함을 내지르고, 식탁을 내리치고, 의심하는 날카로운 눈초리를 보내고, 그게 아니라고 언성을 높이는 등 집 안은 난장판이 되어 있었다. 나폴레옹과 필킹턴 씨가 동시에 똑같은 스페이드 에이스 패를 내놓은 것이 싸움의 원인이었다.

열두 개의 목소리가 일제히 화를 내며 고함을 치고 있었는데 그 목소리들은 모두 똑같았다. 그제야 의문이 풀렸다. 돼지들의 얼굴에 무슨 변화가 일어났는지 그제야 알 것 같았다. 창밖의 동물들은 돼지를 한 번 보고 인간을 한 번 보고, 인간을 한 번 보고 돼지를 한 번 보고, 번갈아 자꾸만 쳐다보았다. 그러나 이미 어느 쪽이 인간이고 어느 쪽이 돼지인지 분간할 수 없었다.

1943. 11~1944. 2

에세이
작가와 리바이어던[1]

국가 통제 시대에 작가의 위치는, 관련 증거들이 아직 뚜렷이 눈에 띄진 않지만, 이미 꽤 폭넓게 논의된 주제가 되었다. 여기서 나는 국가가 예술을 후원하는 일에 찬성하는지 혹은 반대하는지에 대한 의견을 내려는 것은 아니다. 다만 어떤 종류의 국가가 우리를 지배하느냐 하는 것이 부분적으로는 보편적인 지적 분위기에 달려 있고, 또 부분적으로는 이와 관련한 작가와 예술가들의 태도, 다시 말해 그들이 자유주의 정신을 계속 살아 있게 하기 위한 의지가 있느냐 없느냐에 달렸다는 점은 밝히고 싶다. 만약 우리가 10년 후 즈다노프[2]와 같은 사람 앞에서

---

1 이 에세이는 조지 오웰이 1948년 3월에 써서 같은 해에 영국 런던에서 발행되는 문학잡지 『정치와 문학*Politics and Letters*』 여름호에 실었던 것이다.
2 Andrei Zhdanov(1896~1948). 우크라이나 태생의 소련 정치가. 그는 스탈린 정권하에서 추진된 소련의 문예 정풍 운동에서 주도적인 역할을 했다.

굴욕적인 모습을 보인다면, 어쩌면 그것은 인과응보일지도 모른다. 영문학계 지식인들 사이에는 분명히 전체주의적 성향이 이미 자리하고 있다. 그러나 여기서 내가 염려하는 것은 공산주의와 같은 어떤 조직적이고 의식적인 운동이 아니라 그저 정치적 사고가 선의를 가진 사람들에게 끼치는 영향과, 또 정치적으로 어느 한쪽을 편들어야만 하는 상황이다.

지금은 정치 시대이다. 전쟁, 파시즘, 포로수용소, 진압봉, 원자 폭탄 등은 우리가 일상적으로 생각하는 것들이며, 따라서 이런 단어들을 공개적으로 거론하지 않더라도 작가들의 글의 소재가 된다. 어쩔 수 없는 일이다. 당신이 침몰하는 배 위에 있을 때 당신의 생각은 그 침몰하는 배에 집중될 것이다. 그러나 우리가 다루는 주제는 편협할 뿐 아니라, 문학에 대한 우리의 전반적인 태도도 더러 비문학적이라고 생각되는 〈충성심〉에 많이 침범당해 있다. 가령 어떤 용인된 기준 — 이러저러한 책은 〈좋다〉거나 혹은 〈나쁘다〉는 평가를 내릴 수 있는 어떤 객관적 참조 사항 — 이 없는 상황에서 모든 문학적 판단은 본능적 기호(嗜好)를 정당화하기 위한 일련의 규칙을 날조하는 데 있기 때문에, 나는 시대가 좋을 때조차도 문학 비평은 사기성이 있다는 느낌을 받을 때가 많다. 책에 대한 진정한 반응은 보편적으로 〈나는 이 책을 좋아한다〉 혹은 〈나는 이 책을 좋아하지 않는다〉라는 것이며, 이어지는 말은 이에 대한 합리화이다. 그러나 〈나는 이 책을 좋아한다〉라는 말이 비문학적인 반응은 아니라고 생각한다. 오히려 비문학적인 반응은 〈이 책은 내 취향에 맞다, 그러므로 이 책의 장점이 무엇인지 알아봐야 한다〉는 식의 말이다. 물론 어떤 정치적 이유 때문에 어떤 책을 찬양할 때, 그 책에 강력한 동의를 표시한다는 점에서 우리는 감정적으로 솔직할 수 있지만, 또한 당과의 연대감 때문에 명백한 거짓말을 해야 하는 일도 종종 벌어진다. 정치 잡지에 기고할 목적으로 서평을 쓰는 데 익숙한 사람이라면 누구든지 이런 사실을 잘 알고 있을 것이다. 대체로 자신과 코드가 맞는 신문에 글을 쓰면, 직권 남용 죄를 짓고, 또 그렇지 않은 신문에 글을 쓰면 태만 죄를 짓게 된다. 어쨌든 수많은 논란거리가 되고 있는 책들 — 친(親) 또는 반(反)소련 관련 서적, 친 또는 반시온주의[3] 서적, 친 또는 반로마 가톨릭 교회 서적 등 — 은 읽히기도 전에, 사실상 쓰이기도 전에 판단되어 버린다. 우리는 책이 어떤 신문에서 어떤 반응을 받을지 미리 알고 있다. 하지만 우리는 자신이 정직하지 않다는 것을 깨닫지 못하고 참된 문학 기준들이 적용된다고 가장하고 있을 뿐이다.

---

3 시온주의, Zionism. 19세기 후반, 고대 유대인들이 고국 팔레스타인에 유대 민족 국가를 건설하는 것을 목표로 시작된 유대 민족주의 운동. 이것은 고대 예루살렘 중심부의 시온이라는 약속의 땅, 즉 팔레스타인에 대한 유대인과 유대교의 민족주의적인 염원에서 비롯되었다.

물론 문학에 대한 정치의 개입은 예정되어 있었다. 전체주의의 발현(發現)이라는 특정한 문제가 없었더라도 그것은 마땅히 일어났을 것이다. 왜냐하면 우리는 우리의 조부 세대가 갖지 못했던 일종의 양심의 가책, 다시 말해 세상의 엄청난 부정과 비참함을 자각하여 삶에 대한 순수한 미학적 태도를 용납하지 않는 누군가가 나타나 세상에 대해 무언가를 해야 한다는, 죄의식에 사로잡힌 감정을 드러내고 있기 때문이다. 이제는 그 어느 누구도 제임스 조이스나 헨리 제임스가 그랬던 것처럼 일편단심으로 문학을 위해 자신을 희생하지 않을 것이다. 그러나 불행하게도 정치적 책임을 받아들이는 것은 오늘날 정치가 암시하는 모든 어리석음과 부정직함에도 불구하고 정통성과 〈당의 노선〉에 스스로 굴복하는 것을 의미한다. 빅토리아 시대 작가들과 달리 우리는 어떤 사상이 이단적인지 한눈에 알아보는 뚜렷한 정치 이데올로기 시대에 살고 있다. 현대의 문학 지식인은 지속적인 공포 — 보다 넓은 의미로서의 여론에 대한 공포가 아닌 자기 집단 내부에 있는 여론에 대한 공포 — 속에 살면서 글을 쓰고 있다. 대체로 하나 이상의 집단이 있다는 것은 다행한 일이지만, 또한 어떤 특정 시기에 지배적인 하나의 정통성만 존재하기도 하는데, 그것에 동조하지 않기 위해서는 무감각해야 하며, 이는 곧 수년 동안 수입이 반으로 줄어드는 것을 감수해야 함을 의미한다. 지난 15년 동안 특히 젊은이들에게 지배적인 통념은 〈좌파〉였다. 중요 어휘로는 〈진보〉, 〈민주〉, 〈혁명〉과 같은 것들이며, 어떤 일이 있어도 회피되어야 할 것들은 〈부르주아〉, 〈반동〉, 〈파시스트〉 등과 같은 말이었다. 오늘날 거의 모든 사람들, 심지어 대부분의 가톨릭교도와 보수주의자들조차도 〈진보적〉이거나 적어도 그렇게 여겨지기를 바란다. 반유대주의라는 말을 이해할 수 있을 만큼 글을 배운 사람 치고 자신이 반유대주의적 범죄를 저질렀다고는 누구도 인정하지 않듯이, 내가 알고 있는 한, 어느 누구도 자신들을 〈부르주아〉로 간주하지 않는다. 우리는 모두 민주주의자이며, 반파시스트이며, 반제국주의자이며, 인종 차별을 경멸하고, 인종 편견에 분노를 터뜨린다. 오늘날 좌파의 정통성은 『크라이테리언 *Criterion*』[4]과 『런던 머큐리 *London Mercury*』[5]가 주류 문학 잡지이던 시절인 20년 전에 유행했던 다소 속물적이고 경건한 체하는 보수주의 정통성보다 더 나은 것은 분명하다. 왜냐하면 적어도 좌파적 정통성이 견지하는 목적은 대다수의 사람들이 실질적으로 원하는 실현 가능한 형태의 사회에 대한 것

---

4 1922년 T. S. 엘리엇이 창간한 수준 높은 지성을 갖춘 교양인을 대상으로 한 계간 문학 잡지. 창간호에 엘리엇의 『황무지』가 실렸다. 1939년에 폐간되었다.

5 1919년 J. C. 스콰이어에 의해 창간된 월간 문학 잡지. 초기에 이 잡지는 모더니즘을 〈무질서한 영리함〉이라고 묘사하는 등 주로 모더니즘에 대한 비판적 견해를 유지했다.

이기 때문이다. 그러나 이것 또한 특정 문제들을 진지하게 논의해 보는 것을 불가능하게 만드는, 자체의 허위성을 내포하고 있다.

학문적이고 유토피아적인 좌파 이데올로기는 권력을 차지할 직접적인 가망성이 없는 사람들에 의해 발전되었다. 그러므로 이것은 극단적 이데올로기가 되며, 군주, 정부, 법률, 감옥, 경찰, 군대, 깃발, 애국심, 종교, 전통적 도덕성 등, 사실상 세계에 현존하는 전반적인 이치들을 철저히 무시하고 있다. 모든 국가의 좌파 세력들은 결코 무너질 것 같지 않은 전제에 대항해 싸웠고, 따라서 특정한 전제 정치, 즉 자본주의를 쓰러뜨리기만 하면 사회주의가 올 것이라고 쉽게 생각했다. 더구나 그들은 진리는 승리하고, 탄압은 사라질 것이며, 인간은 천부적으로 선한 존재로서 단지 환경에 의해서만 타락한다는 불확실한 신념을 자유주의로부터 물려받았다. 이러한 완벽주의 이데올로기는 우리 모두에게 뿌리박혀 있으며, 노동당 정부가 국왕의 딸들에게 거대한 수입을 보장해 준다거나, 혹은 철강 산업의 국유화에 주저함을 보일 때, 우리는 바로 이러한 이데올로기의 이름으로 항거한다. 그러나 우리는 또한 이것과 현실과의 지속적인 충돌의 결과로서 받아들일 수 없는 일련의 모순을 우리 가슴 속에 축적하게 된다.

최초의 커다란 충격은 러시아 혁명이었다. 복잡한 이

유로 영국 좌파 정당은 러시아 혁명의 정신이나 실천이 곧 영국에서 〈사회주의〉를 의미하는 것은 아님을 무언으로 인정하고 있지만, 어쨌든 러시아 정권을 〈사회주의〉로 받아들이라는 압력을 받아 왔다. 따라서 〈민주주의〉와 같은 용어들이 서로 대립된 두 가지 의미를 지닐 수 있는 일종의 분열적 사고가 야기된다. 따라서 포로수용소, 집단 강제 추방과 같은 것들이 동시에 좋을 수도 있고 나쁠 수도 있는 것이다. 좌파 이데올로기에 대한 두 번째 충격은 좌파의 평화주의와 국제주의를 크게 흔들어 놓은 파시즘의 출현이었다. 독일 점령의 경험으로 유럽인들은 피지배 민족들이 이미 알고 있는 것, 즉 계급적 대립은 중요한 것이 아니며 국가적 이익이라는 것이 엄연히 존재한다는 사실을 깨닫게 되었다. 히틀러 이후 〈적은 당신의 국가 내부에 있〉으며 국가의 독립은 무가치하다고 진지하게 주장할 수 없게 되었다. 그러나 우리 모두가 이 사실을 알고 있고, 또 필요할 경우 그에 따라 행동하더라도, 이것을 큰 소리로 말하는 것은 일종의 변절 행위라고 여전히 느낀다. 결국 가장 해결하기 어려운 문제는 현재 집권하고 있는 좌파 정부[6]가 책임을 지고 진정 어린 결정을 내려야 한다는 점이다.

좌파 정부는 항상 지지자들을 실망시킨다. 왜냐하면

---

6 1945년부터 1951년까지 집권한 클레멘트 애틀리Clement Attlee를 수상으로 한 노동당 정부를 가리킴.

자신들이 약속한 번영이 성취 가능할 때조차도 불안한 과도기는 어쩔 수 없이 있게 마련인데 좌파 정부는 이것을 숨기려 하기 때문이다. 요즈음 경제적 곤궁에 빠져 있는 우리 정부는 과거의 정치 선전으로 사실상 자가당착에 빠져 버린 것 같다. 지금 우리가 처한 위기는 지진처럼 갑작스럽고 예상치 못한 재앙이 아니며, 또 전쟁에 의해 야기된 것도 아닌, 단지 전쟁에 의해 앞당겨진 것일 뿐이다. 수십 년 전만 하더라도 이런 종류의 재앙이 발생하리라는 것은 미리 예측할 수 있었다. 해외 투자에서 생긴 수익과 식민지의 보장된 시장과 값싼 원료에 의존해 오던 국민 소득이 19세기부터 극도로 불안정하게 되었다. 가까운 장래에 무언가 잘못될 것이며, 수출보다 수입을 더 많이 하도록 강요받게 될 것이다. 이런 일이 일어날 때, 노동자들의 생활을 포함한 영국인의 생활 수준은 적어도 일시적으로는 하락을 면치 못할 것이다. 그러나 좌파 정당들은 심지어 자신들이 반제국주의자임을 큰 소리로 자처할 때에도, 이러한 사실을 절대 밝히지 않았다. 때때로 이들은 영국 노동자들이 아시아와 아프리카의 전리품으로 어느 정도 이득을 취했다는 사실은 인정했지만, 전리품을 포기했더라도 여전히 그런대로 살았을 것이라고 주장한다. 실제로 노동자들은 자기가 착취당하고 있다는 말을 듣고 사회주의 쪽으로 많이 넘어갔지만, 엄밀하게 말해 그들 또한 착취자였다는 것은 명백한 사실이다. 이제는 어느 모로 보나 노동자 계급의 생활 수준이 향상은 말할 것도 없고 현상 유지도 어려운 지경에 이르렀다. 부자들을 몰아낸다 하더라도 대부분의 일반 대중은 소비를 더 적게 하든가 생산을 더 많이 해야 한다. 그게 아니라면 우리가 처한 난국을 내가 과장하는 것인가? 그럴지도 모른다. 그리고 기꺼이 내가 실수하고 있기를 바란다. 진실로 지적하고 싶은 것은 내가 던진 질문이 좌파 사상에 충실한 사람들 사이에서는 진지하게 논의되지 않고 있다는 것이다. 임금 인하와 근무 시간의 연장은 본질적으로 반사회주의의 척도로 여겨지고 있어, 경제 상황이 어떻든 간에 그런 생각은 아예 하지 말아야 한다. 이런 것들(임금 인하와 근무 시간 연장)이 불가피하다고 주장하려 한다면 반동으로 낙인찍힐 위험을 감수해야 한다. 오히려 이 문제를 회피해 버리고 현재의 소득을 재분배함으로써 모든 것을 올바로 돌려놓을 수 있다고 가정하는 편이 훨씬 더 안전할 것이다.

정통성을 받아들이는 것은 항상 풀리지 않는 모순을 물려받는 것이다. 단적인 예를 하나 든다면, 신중한 사람들은 모두 산업주의와 그 생산품에 불쾌감을 갖지만, 빈곤의 극복과 노동 계급의 해방을 위해서는 산업화의 축소보다는 오히려 그것의 확대가 필요하다고 인식한다. 또 다른 예를 들자면, 어떤 일들은 절대적으로 필요하지만 일종의 강제 없이는 결코 행해지지 않는다. 또 강력한 군사력 없이는 적극적인 대외 정책을 펼 수 없다는 것도 사실이다. 이외에도 많은 예를 들 수 있다. 이 모든 경우에, 우리가 공식적인 이데올로기에 개인적으로 충성하지 않아야만 이끌어 낼 수 있는 명백한 결론이 있다. 일반적인 반응은 그 질문을 우리 마음의 한쪽 구석으로 몰아넣고 답을 유보한 채 모순적인 슬로건만을 끊임없이 반복하는 것이다. 이런 사고의 결과를 알아보기 위해 서평과 잡지들을 샅샅이 뒤져 볼 필요는 없다.

물론 나는 정직하지 못한 정신 상태가 일반적으로 사회주의자나 좌파들에게만 나타나는 것도 아니고 또 그들 사이에 흔히 있는 일도 아니라고 생각한다. 다만 어떤 정치 규율을 일단 받아들이면 문학적 순수성은 퇴색하는 것처럼 보인다. 이것은 일반적인 정치 투쟁의 바깥에 있다고 여겨지는 평화주의와 개인주의 같은 운동에도 똑같이 적용된다. 실제 〈이즘-ism〉으로 끝나는 모든 단어들의 단순한 소리 자체가 정치 선전의 냄새를 풍긴다. 집단적 충성은 필요하긴 하나 문학이 개인의 산물인 이상 그것은 문학에 해가 된다. 이러한 충성이 아무리 소극적이라도 창조적 저작 활동에 영향력을 행사하는 순간, 그 결과는 작품의 왜곡에 그치지 않고 때로 창작력의 고갈을 불러오기도 한다.

그렇다면 작가의 임무란 〈정치를 멀리하는 것〉이라는

결론을 내려야 하는가? 물론 아니다! 이미 말했듯이, 지금 같은 시대에 이성적 인간이라면 누구나 진정 정치를 멀리할 수 없으며, 또 그렇게 해서도 안 된다. 솔직히 내가 주장하고 싶은 바는 우리는 정치적 충성과 문학적 충성을 현재보다 더 명확하게 구분해야 한다는 것이다. 또 내키진 않지만 할 일을 한다는 의지가 있다고 해서 그 일에 동반되는 신념까지 믿어야 하는 것은 아님을 인식해야 한다. 한 작가가 정치에 참여할 때, 그는 한 시민으로서 그리고 한 인간으로서 참여해야지 작가로서 참여해서는 안 된다. 작가가 단지 감수성 때문에 더러운 정치적 일을 멀리해야 한다고는 생각지 않는다. 그저 다른 사람들이 하는 만큼 바람이 새는 강당에서 강의를 하고, 포장도로 위에 분필 칠을 하고, 선거 여론 조사를 하고, 전단을 뿌리고, 심지어 필요하다면 전쟁에도 나가야 한다. 그러나 그 밖에 무엇을 하든지 간에 자신이 속한 정당을 위해서는 절대로 글을 써서는 안 된다. 자신의 글은 별개의 것이라는 점을 분명히 해야 한다. 그리고 되도록이면 공식적인 이데올로기를 완전히 거부하면서 협조적인 태도를 취할 수 있어야 한다. 이단으로 몰릴 수 있다 해서 작가가 사고의 행렬에서 뒷걸음쳐서는 안 되며, 설령 자신의 비정통성이 감지되더라도 크게 신경을 써서도 안 된다. 20년 전에 작가가 공산주의에 찬동하는 자로 여겨지지 않으면 작가로 대접받지 못했던 것처럼,

오늘날 반동적 경향을 지닌 자로 간주되지 않는다면 그것은 작가에게 나쁜 징후이다.

그러나 이 모든 것은 작가가 정치 지도자들의 지시를 거부할 뿐 아니라 정치에 대한 글쓰기를 자제해야 한다는 것을 의미하는가? 그렇지 않다. 작가가 원한다면 가장 천박한 정치적 형식으로라도 글을 쓰지 말아야 할 이유는 없다. 단지 작가는 한 개인으로서, 아웃사이더로서, 기껏해야 정규군의 옆에 있는 환영받지 못하는 비정규군으로서 그렇게 해야 한다. 이런 태도는 일반적인 정치적 유용성과 잘 양립된다. 예를 들어, 전쟁은 반드시 이겨야 하는 것이므로 기꺼이 참전할 수 있지만, 당연히 전쟁 선전문 쓰기를 거부할 수도 있다. 작가가 정직하다면, 자신의 글과 정치 활동이 상호 모순될 때도 있다. 분명 이것이 바람직하지 못한 경우들이 있다. 그럴 때면 자신의 충동을 왜곡시키지 말고 침묵을 지키는 게 최선의 방법이다.

대결의 시대에서 창조적 작가는 자신의 삶을 두 구획으로 나누어야 한다는 주장은 패배주의적이고 경솔해 보일 수 있을 것이다. 하지만 나는 실제로 작가가 그 밖에 달리 무엇을 할 수 있을지 잘 모르겠다. 스스로를 상아탑 속에 가두는 것은 불가능할 뿐 아니라 바람직하지도 않다. 정당이라는 기계나 집단 이데올로기에 굴복하는 것은 작가로서 스스로를 파멸시키는 행위이다. 정치란 것이 얼마나 더럽고 비열한 사업인지를 알고 있지만, 그것에 참여해야 할 필요성을 알고 있기 때문에 우리는 이 딜레마에서 고통을 느낀다. 그리고 우리는 대개 모든 선택, 심지어 모든 정치적 선택조차도 선과 악 중 하나를 고르는 것이고, 만약 어느 하나가 필요하다면 그것이 무조건 옳다는 믿음을 버리지 않는다. 나는 이러한 유치한 믿음을 버려야 한다고 생각한다. 우리는 정치에서 두 개의 악 가운데 어떤 것이 덜 악한 것인지에 대해 결정할 뿐이며 그 이상의 것은 결코 할 수 없다. 그리고 우리가 악인이나 미치광이처럼 행동해야만 벗어날 수 있는 몇몇 상황이 있다. 예를 들어, 전쟁은 필요할지는 모르지만 올바르거나 이성적인 것은 분명 아니다. 총선거도 엄밀하게는 유쾌하거나 유익한 구경거리가 아니다. 만약 당신이 그런 정치적 일에 참여해야 한다면 — 만약 당신이 나이가 많이 들었거나, 어리석음이나 위선으로 가득 차 있지 않는 한 반드시 참여해야 한다고 생각한다 — 자신의 일부가 그런 정치적인 일로 더럽혀지지 않도록 조심해야 한다. 이런 문제가 일반 사람들에게도 똑같은 형태로 나타나는 것은 아닌데, 왜냐하면 그들의 삶은 이미 나누어져 있기 때문이다. 그들은 여가 시간에만 진정으로 살아 있으며, 그들의 일과 정치 활동 사이에는 아무런 감정적 관계가 없다. 또한 그들은 일반적으로 정치적 충성이라는 이름으로 스스로를 노동자로 전락시키도록 요구받지도 않는다. 그러나 예술가, 특히 작가는 이러한 것을 요구받는다. 사실 이것은 정치가들이 작가에게 유일하게 요구하는 것이다. 만일 작가가 이 요구를 거절한다 해도, 그것을 그의 나태함 때문이라고 비난할 일은 아니다. 작가란 어느 누구보다도 단호하게, 또 필요하다면 더 격렬하게 행동할 수 있는 존재다. 그러나 작가의 작품이란 그것이 가치를 지닌 한, 언제나 한쪽으로 비켜서서 과거에 일어난 일들을 기록한 것으로서, 그 일들의 필요성은 인정하되, 그 진정성에 대해서는 기만당하지 않으려는, 보다 분별 있는 자아의 소산물이다.

1948

역자 해설
정치적 글쓰기와 동물 소설

　영국의 소설가 조지 오웰George Orwell은 뛰어난 어떤 외국 작가들 못지않게 우리에게 잘 알려져 있으며 그의 대표적 소설이라 할 수 있는『동물 농장Animal Farm』과『1984년Nineteen Eighty-Four』은 고전의 반열에 올라 지금도 꾸준히 읽히고 있다. 특히『동물 농장』은 국내에서 청소년 필독서로 선정되었을 뿐 아니라 논술 시험 대비용으로도 반드시 읽어야 할 소설 중 하나로 꼽힌다. 사실 오웰과 그의 소설들은 문제의 해였던 1984년(오웰이 1949년에 출간한 소설『1984년』에서 암담한 〈전체주의〉 사회의 시대적 배경이 된 해)이 지나면서부터 다소 시들해진 감도 있었지만, 2000년 이후 다시 우리의 주목을 크게 받고 그에 대한 평가도 제대로 이루어지기 시작했다. 그동안 오웰을 냉전 시대의 반공 이데올로기를 조장한 작가, 동물들을 등장시켜 재미있고 우스꽝스러운 이야기를 쓴 아동 작가, 미래 작가나 예언가 정도로 이해하거나 다소 편향적으로 인식해 왔지만, 이제야 비로소 그의 소설들이 그려 내고 있는 그의 문학의 본질을 제대로 파악하고 평가하기 시작한 듯하다. 그는 인간이 인간을 억압하는 모든 형태의 이데올로기나 사회를 거부하고 그것에 과감히 맞서고 〈전체주의〉를 증오하고 하층민들 편에 서서 그들의 입장을 옹호하면서 평생을 살아온 작가라는 정당한 평가를 받기에 이르렀다[『코끼리를 쏘다』(박경서 옮김, 2003) 참조].

오웰은 20세기 영문학사에서 독특한 문학적 위치를 차지하고 있는 작가이다. 그는 20세기 전반기, 소위 모더니즘 문학 시대에 살면서 작품 활동을 했지만, 모더니즘 문학이 지향하는 것과는 정반대의 〈정치적 글쓰기〉를 문필 활동의 주된 목표로 삼았다. 영국의 문학계는 19세기 말에 이르러 문학의 사회적 기능을 표방했던 〈리얼리즘〉 문학론이 퇴조하고 〈모더니즘〉 문학이 고개를 들기 시작했다. 특히 20세기에 접어들어 사회가 점점 산업화되고 복잡해짐에 따라 인간의 삶도 〈공동체〉 중심에서 탈피해 개인 중심으로 바뀌기 시작했다. 〈모더니스트〉라고 불리는 일단의 작가들은 그러한 변화된 인간의 내적 모습을 그리는 데 〈리얼리즘〉과는 다른 문학 형식이 필요함을 절감했다. 모더니스트들은 〈사회적 환경과 당대의 세계를 있는 그대로 묘사하고 충실하게 재현하는〉 데 목적을 두는 리얼리즘과는 달리, 인간의 주관적 실체와 내적 문제에 천착해 〈삶이란 무엇인가〉, 〈예술이란 무엇인가〉와 같은 인간의 근원적인 문제인 〈소외〉나 〈고독〉을 즐겨 다루었다.

그러나 오웰은 모더니즘 문학과는 완전히 다른(반역적이라 할 만큼 다른) 종류의 문학, 즉 문학의 사회적 임무를 첨예하게 의식해 〈정치적 글쓰기〉를 지향했다. 그는 「나는 왜 쓰는가Why I Write」에서 작가가 글을 쓰게 되는 동기는 〈순전한 이기심〉, 〈미학적 열정〉, 〈역사적 충동〉, 〈정치적 목적〉의 네 가지가 있는데, 평화로운 시기에 살았더라면 정치적 목적보다는 앞의 세 가지를 더 중요시했을 것이라고 말한다. 그러나 그는 1, 2차 세계 대전을 비롯해 20세기 전반기에 끊이지 않던 정치적 격동의 영향으로 질곡의 삶을 살아 나가는 인간들의 모습을 결코 간과할 수 없었다. 〈지금은 정치 시대이다. (……) 당신이 침몰하는 배 위에 있을 때 당신의 생각은 그 침몰하는 배에 집중될 것이다〉라고 20세기 전반의 정치적 상황을 절박하게 표현하고 있듯이, 오웰은 20세기 전반기의 정치 상황을 바로 침몰하는 배처럼 위기에 휩싸인 것으로 진단했다. 이런 당대의 중차대한 정치 상황에 등을 돌린 채 인간의 내면세계만을 탐색하는 것은 작가로서 사회에 대한 의무 불이행이라는 것이다. 그는 시대의 불의와 타협하지 않고 당대의 정치 상황과 그것에 희생당하는 인간의 모습을 제대로 전달해 줄 누군가가 이 세상에 나타나야 하는데 작가가 바로 그런 사회적 임무를 맡아야 할 적임자라고 주장한다.

그가 문학의 사회적 임무라는 테두리 안에서 문학 활동을 하게 된 것은 크게는 당대의 유럽 정치사에 대한 그의 인식에서 비롯되었다 할 수 있다. 하지만 개인적으로 정치 소설가로서 길을 걷게 만든 구체적이고도 결정적인 계기는 작가들이 흔히 그러하듯 그의 개인적 체험이었다. 그는 1922년부터 5년 동안 당시 영국의 식민지였던 버마에서 〈제국주의 경찰〉로 근무한 적이 있었다. 그는 명문 이튼 스쿨 출신으로 졸업생들 대부분은 옥스퍼드 대학교나 케임브리지 대학교로 진학하는 것이 보통이었다. 하지만 그는 대학 진학을 포기하고, 자신이 태어나고 아버지가 근무했던 동양으로 가게 된다. 이유야 어떻든 간에 버마에서 머문 5년의 세월 동안 그는 〈제국주의 경찰〉로서 식민지 버마에서 서구 지배자들이 동양의 피지배자들을 억압하고 학대하는 것을 목격하고, 제국주의의 허구성에 환멸을 느꼈다. 그리고 자신이 그런 〈제국주의〉라는 정치 이데올로기의 하수인이라는 사실을 깨닫고 괴로워했다. 당시 그는 버마에서 안정된 수입이 보장되는 경찰로서의 성공을 오히려 타락이라고 느꼈으며 자신의 직업 때문에 죄책감에 사로잡혀 있었다. 그는 어떻게든 속죄하고 싶은 마음뿐이었는데 그 속죄 방법 가운데 하나가 바로 그 직업을 당장 때려치

우고 작가가 되어 제국주의의 허구성을 세상에 폭로하는 것이었다(오웰의 수필 중 수작으로 꼽히는 「코끼리를 쏘다Shooting an Elephant」와 「교수형Hanging」, 그리고 소설 『버마 시절Burmese Days』에 오웰의 버마에서의 경험과 식민주의를 바라보는 그의 심경이 잘 묘사되어 있다).

두 번째로 그의 정치 문학 사상이 더욱 극명해지고 어찌 보면 더 비관주의로 흐르게 된 계기는 그가 1936년 12월부터 1937년 6월까지 의용군으로 참전한 스페인 내전이었다. 그는 주위의 만류에도 불구하고 자신의 정치 사상이 현실화될 수 있다는 낙관적 믿음을 가슴에 품고 〈파시스트에 맞서 싸우기 위해〉 스페인으로 갔다. 그는 이 전쟁을 통해 〈부르주아 민주주의〉가 아닌 〈민주적 사회주의〉가 곧 눈앞에 실현되리라 기대했다. 그러나 그가 예견했던 민주적 사회주의의 실현은 점점 불가능해지고 있었다. 그는 스페인에서 노동자 혁명이 아예 일어나지 못하도록 하는 것이 공산주의자들의 진정한 의도라는 사실을 깨달았다. 그리고 나치즘, 파시즘, 스탈린주의로 일컫는 〈전체주의〉의 실상을 더욱 뚜렷이 인식하고, 그것의 폭력적인 힘이 진실을 왜곡하고 인간의 본성을 위협하는 것을 보며 깊은 회의에 빠졌다. 게다가 1917년 러시아에서 차르 체제를 무너뜨린 노동자들의 혁명이 스탈린 등장 이후 애초의 혁명 정신은 사라지고 전체주의적 상황으로 치닫는 것을 줄곧 주시해 왔다. 이제 오웰은 정치적 색채가 더욱 비관적으로 흐르게 되었고, 이후 나온 『동물 농장』과 마지막 소설 『1984년』에는 이러한 경향이 그대로 반영된다.

요약하자면 오웰은 제국주의 경찰로서 겪은 버마 생활과 의용군으로 체험한 스페인 내전이라는 당대의 대표적인 정치 환경을 통해, 실천적 지성인의 면모를 갖추게 되고 자신만의 독특한 세계관을 형성했다. 그리고 이것이 문학적으로 육화(肉化)되어 〈어떤 책도 정치적 편견으로부터 자유로울 수 없다. 예술은 정치와 관계가 없다는 의견 자체가 정치적 태도인 것이다〉라는 문학의 정치적 글쓰기에 대한 보편적 결론에 도달하게 되었다.

오웰은 스페인에서 돌아온 후 계획하고 있던 새로운 소설의 집필에 착수했다. 그가 염두에 둔 것은 사회주의 혁명의 성공과 실패를 다룬 소설이었다. 그런데 당시는 아직 제2차 세계 대전이 끝나지 않았고, 소련도 연합군 쪽에 서서 영국을 돕고 있던 상황이었다. 다시 말해 스탈린이 나치즘에 대항하는 영웅으로 찬양받고 있던 것이 당시의 상황이었다. 그래서 오웰이 생각해 낸 것이 알레고리 기법을 이용한 동물 우화였다. 동물들이 독재에 항거해 반란을 성공시키지만 후에 내부의 권력 투쟁으로 말미암아 타락한다는 이야기야말로 최선의 선택이었다.

이런저런 이유로 무려 6년 동안이나 머릿속에 넣어 두었던 동물 이야기를 드디어 마무리하지만, 또 다른 어려움이 그를 기다리고 있었다. 『동물 농장』을 출간해 주려는 출판사가 나타나지 않았던 것이다. 영국과 미국을 중심으로 한 당시의 서구 진영은 제2차 세계 대전의 승리가 최우선 목표였으며 스탈린은 연합군 쪽에 가담함으로써 영국과 미국 양쪽으로부터 높게 평가받고 있었다. 이 미묘한 시기에 언론이나 정계의 지도자들은 소련 독재자들의 신경을 건드리는 공격적인 말을 삼갔다. 사정이 이러한데 영국의 어느 출판사가 정치적 이데올로기를, 그것도 스탈린주의를 비판한 소설을 선뜻 출판해 주겠다고 나서겠는가. 오웰도 한 편지에서 〈정치적으로 맞아떨어지는 글은 아니므로 출판이 곧 되리라고는 생각하지 않는다〉고 인정했듯이, 이 책은 영국에서 무려 네 곳의 출판사로부터 거절을 당했는데 모두 정치적 이유에서였다.

『동물 농장』은 다른 두 군데에서 더 출판을 거절당한 뒤 1945년 8월에야 겨우 세커 앤드 워버그 사에서 출간될 수 있었다. 이 소설은 출간되자마자 예상과는 달리 엄청난 반응을 일으켰다. 이 작품이 이렇게 큰 호응을 얻을 것이라고는 누구도 생각하지 못했다. 이 작품은 출판된 후 5년 동안 양장본으로만 2만 5천 부나 팔렸고,

1946년 미국판으로 나왔을 때는 4년 동안 무려 59만 부 나 팔렸다. 그때까지 영국 문단에서 정치적 색채가 짙은 진보 작가 정도로만 여겨져 왔던 오웰은 이제 베스트셀러 작가이자 중요한 작가 중 한 사람으로 급부상했다.

『동물 농장』은 러시아 혁명과 그 후의 역사 전반에 대한 문제를 〈알레고리〉 수법을 이용해 다룬 우화이다. 20세기의 정치적 알레고리는 억압과 검열의 분위기 속에서 정치적 상황에 대한 언급과 자기표현의 적절한 수단이 되기 때문에 중요한 문학 장르로 부각되고 있었다. 더욱이 당시 유럽의 미묘한 정치 상황에서 소련의 공산주의를 대놓고 비난한다는 것은 있을 수 없는 일이었기 때문에 정치적 알레고리 수사법을 이용한 우화를 통해 러시아 혁명의 실패를 보여 주고자 한 오웰의 선택은 불가피했다.

『동물 농장』에 등장하는 사건들과 동물들은 모두 알레고리 수사법의 특성상 고도의 비유적 수법으로 암시되어 있다. 따라서 소설 속의 동물들은 개별적 특성만을 지녀 우스꽝스러운 행동으로 웃음과 재미만을 유발시키는 인물들이 아니며, 사회 집단의 역사적 일원으로서 존재하고, 또 그들의 행위는 당대의 엄청난 역사적 사실을 내포한다는 사실을 명심해야 한다.

이 소설은 1917년 러시아 혁명에서부터 1943년 테헤란 회담에 이르기까지 일련의 러시아 역사에 걸친 정치 문제를 다루고 있다. 그리고 모든 동물들은 이 역사에 실제로 등장하는 인물이나 전형적인 인간형을 반영한다. 각 동물들과 사건들이 실제로 당대의 어떤 인물들과 역사적 사실들을 반영하는지 열거해 보면 다음과 같다.

돼지들

거대한 러시아의 관료제를 무너뜨리고 혁명을 이끈 볼셰비키 지식인들을 가리킨다.

나폴레옹

동물 농장에서 존스 씨를 쫓아낸 후 동물 공화국을 세운 중심인물로 러시아 혁명기의 스탈린을 가리킨다. 이후 스노볼과의 권력 투쟁에서 이겨 그를 추방하고 모든 권력을 독점하게 된다. 그는 계급 없는 평등 사회를 지향했던 메이저 영감의 혁명적 이상주의를 저버리고 1인 독재자로 군림한다.

스노볼

트로츠키(1905년 러시아 혁명 과정에서 중심 역할을 한 공산주의 혁명가. 스탈린과 극도로 대립하다 결국 1927년 당에서 축출되고 1929년에 소련에서 추방당했다)를 가리킨다. 트로츠키처럼 스노볼은 뛰어난 연설가

이며 혁명에 대한 지적 열망을 가진 인물이다. 혁명적 이상주의를 실천하고자 자신을 희생시키는 인물로 묘사되지만 나폴레옹에게 쫓겨나 그의 이상은 실현되지 못한다. 진정한 혁명가의 표본이다.

메이저 영감

혁명의 기본적 이론과 이상을 소개한다는 점에서 마르크스를 가리킨다. 그는 동물들에게 인간들을 추방하고 모든 동물들이 평등한 사회를 건설하고자 하는 혁명적 이상을 심어 주고 세상을 떠난다.

스퀼러

혁명 후 새로운 사회를 건설하는 데 중요한 역할을 한 네 마리 돼지 중 하나로 뛰어난 〈정치 선동가〉이자 〈기회주의자〉이다. 그는 새로운 사회의 성장과 더불어 발전하면서 그 사회 안에서 높은 지위를 획득하는 인물로, 정도의 차이는 있지만 대부분의 사회에 존재하는 정치 선전 기구의 거대한 선전 활동을 반영한다.

복서

러시아 혁명기의 〈프롤레타리아트〉를 대표한다. 복서는 모든 사회 체제의 성공에 꼭 필요한 정직하고 열성적인 무지한 일반 노동자를 대변한다. 그 같은 노동자는 독재나 전체주의 정권하에서 필연적으로 착취당하는 존재이다.

벤저민

자기 주위에 있는 사람들의 성실함이나 능력을 의심하는 〈냉소주의자〉이자 또 많은 사실적 이론의 진실을 의심하는 〈회의론자〉를 대변한다. 다른 동물들처럼 그 역시 읽는 법을 배우지만 그 기술을 유용한 목적에 이용하려고 하지 않는다. 아마 작가는 힘 있는 지식인도 신념이나 이상이 없다면 아무 소용이 없다는 점을 그를 통해 보여 주려 한 것 같다.

클로버

동물 농장의 모성적 동물이다. 그녀의 양식(良識)은 비록 제한적이지만 건전하며 복서의 단순한 선(善)과 힘의 특질을 보완한다. 어떤 다른 동물보다도 동정과 친절함을 많이 보여 주는 동물로, 끝까지 살아남으며 억압받는 동물들을 위한 안락함과 힘의 원천이 된다.

몰리

몰리는 성격이 변덕스러운 보조적 역할을 하는 동물로 엘리트 계급을 대변한다. 그녀는 이 소설의 중간쯤에서 사라진다. 어떤 면에서 그녀는 인간과 같은 방법으로 다른 동물들을 착취한다. 클로버와 좋은 대조를 이룬다.

개들

다른 동물들에게 무자비하게 폭력을 행사하는 러시아의 〈비밀경찰〉을 가리킨다. 나폴레옹은 이 개들이 새끼였을 때 비밀리에 데려다 훈련시켜 자신의 권력욕 달성에 이용한다. 스노볼도 이 개들에 의해 쫓겨난다.

양들

개들과 더불어 나폴레옹의 권력 장악에 중요한 역할을 하는 일종의 〈선전대〉이다. 양들은 대중을 대변하며 대중들이 어떻게 조종될 수 있는가를 보여 준다. 나폴레옹에게 반대하는 의견이 제시될 때마다 양들은 〈네 다리는 좋고 두 다리는 나쁘다!〉라고 외치며 방해한다.

모세

까마귀 모세는 어떤 면에서 피지배자보다는 지배자와 손을 잡는 동물로 교회의 역사적 역할에 대한 오웰의 견해를 보여 준다.

뮤리엘

염소 뮤리엘은 메이저 영감의 회합에 참가한 똑똑한 동물들 중 하나이다. 그녀는 읽는 법을 배우지만, 읽은 것에 대한 올바른 판단은 내리지 못한다. 그녀는 적혀 있는 모든 것은 사실이라고 믿으며 7계명이 돼지들에 의해 바뀌었을 때도 결코 질문을 하지 않는다.

존스

러시아의 황제 〈니콜라이 2세〉를 가리킨다. 니콜라이 2세가 러시아 혁명의 원인을 제공했다면 존스는 농장에서 반란의 원인을 제공하는 인물이다. 그는 등장하는 인간들 가운데 가장 완벽하게 발전된 인물이지만 동시에 판에 박힌 인물에 불과하다.

필킹턴

동물 농장 이웃에 있는 폭스우드 농장을 경영하는 인간. 영국의 처칠을 가리킨다. 필킹턴은 프레더릭과 함께 존스를 도와 동물 농장을 공격한다.

프레더릭

동물 농장 이웃에 있는 핀치필드 농장을 경영하는 인간. 독일의 히틀러를 가리킨다.

매너 농장

니콜라이 2세 치하의 러시아를 가리킨다.

동물들의 반란

1917년 10월 러시아에서 발생한 〈10월 혁명〉을 가리킨다.

외양간 전투

10월 혁명 이후 일어난 내란. 이 전투에서 존스와 함께한 일당은 볼셰비키를 몰아내려고 했던 외국 세력들이다.

풍차 전투

1941년 독일의 러시아 침공을 가리킨다.

암탉들의 반란

1921년 1만 5천여 명의 수병과 시민들이 상트페테르부르크 서쪽 핀란드 만에 위치한 크론슈타트의 해군 기지에서 〈볼셰비키 없는 소비에트〉라는 슬로건을 내걸고 궐기한 사건을 나타낸다.

풍차 건설

1928년 급속한 산업화와 농장의 집단화를 요구하며 시작된 〈제1차 경제 개발 5개년 계획〉을 나타낸다.

동물들의 거짓 자백과 처형

1936년부터 1938년 사이에 있었던 〈스탈린 대숙청〉을 가리킨다.

돼지들과 인간들의 파티 장면

제2차 세계 대전 기간인 1943년 11월 28일 미국의 루스벨트, 영국의 처칠, 소련의 스탈린이 이란의 테헤란에 모여 회의를 한 〈테헤란 회담〉을 가리킨다.

러시아 혁명은 성공한 혁명인가, 실패한 혁명인가? 인간의 권력 욕구는 과연 어디까지 계속되는가? 오웰은 『동물 농장』에서 혁명의 이상적 사상은 과연 실천 가능한 철학인가를 인간의 권력 욕구와 결부시켜 그 물음과 해답을 명쾌하게 제시하고 있다.

『동물 농장』의 1장에 묘사되어 있는 메이저의 연설 대목을 두고 오웰이 우크라이나판 작가 서문에서 마르크스 이론을 동물들의 관점을 통해 분석하려고 했다고 말하듯이, 이 소설은 마르크스와 엥겔스의 『공산당 선언』의 이상에 대한 패러디라 할 수 있다. 마르크스의 이상이 〈전 세계 노동자여! 단결하라!〉로 귀결되는 것처럼, 『동물 농장』에서 〈인간들을 몰아냅시다. 그러면 우리 노동의 산물은 몽땅 우리 것이 됩니다〉라는 대목이나 〈인간들은 모두 적입니다. 그리고 모든 동물들은 동지입니다〉

라고 말하는 대목은 마르크스주의 슬로건의 재현이다.

그러나 이 같은 메이저의 혁명적 이상에도 불구하고 사회 혁명이 실패할 가능성은 엘리트 계급의 등장과 성장에 내재해 있었다. 즉 혁명 초기부터 이미 프롤레타리아 계급의 공평한 사회가 이루어지지 않고 돼지들을 중심으로 한 특정 엘리트 사회로 변질되기 시작했던 것이다. 작가는 권력 쟁취를 위해 비밀리에 개들을 키우는 나폴레옹의 경우를 포함해 엘리트 집단으로 성장하기 위한 돼지들의 의도적 행위를 혁명적 이상에 대한 가장 큰 위험 요소로 꼽았다. 돼지들의 권력 욕구와 그에 따른 필연적인 타락에 대한 전조는 〈우리는 인간을 닮아서는 안 된다〉는 메이저의 경고가 점차 무시되고 있다는 점에서 찾아볼 수 있다. 이는 돼지들이 존스 씨의 아이들이 사용했던 낡은 철자 교본을 가지고 인간처럼 글을 배운다는 사실과 나폴레옹을 위시한 돼지들이 두 발로 걷는 장면에 명백히 나타나 있다. 결국 동물들의 반란은 7계명에 비추어 볼 때 처음에는 성공적인 것처럼 보였으나 돼지들의 점진적인 권력 장악과 7계명의 계속적인 변질로 본래의 혁명적 이상이 점차 사라지게 된다.

『동물 농장』에서 혁명적 이상의 변질은 혁명 정신에 입각한 7계명이 언어의 왜곡을 통해 서서히 바뀌어 가는 과정과 다르지 않다. 〈어떤 동물도 침대에서 자서는 안 된다〉가 〈어떤 동물도 시트를 깔고 침대에서 자서는 안 된다〉로, 〈어떤 동물도 술을 마시면 안 된다〉가 〈어떤 동물도 술을 너무 많이 마시면 안 된다〉로, 〈어떤 동물도 다른 동물을 죽여서는 안 된다〉가 〈어떤 동물도 다른 동물을 이유 없이 죽여서는 안 된다〉로 바뀐다. 결국 7계명은 모두 사라지고 그 대신 〈모든 동물은 평등하다. 그러나 어떤 동물들은 다른 동물들보다 더 평등하다〉라는 단 하나의 계명만 남게 된다. 이제 동물들은 과거에 대한 기억이 없어 이전의 7계명이 어떠했는지 확신하지 못한다. 그럴 때마다 스퀼러가 나타나 7계명은 바뀐 것이 아니라 원래부터 그렇게 적혀 있었다고 거짓말을 하며 동물들을 선동한다. 따라서 동물들은 스퀼러의 조직적인 거짓말, 양들의 대중 선동 등과 같은 언어의 왜곡으로 인해 과거에 대한 진실을 완전히 기억하지 못하게 된다. 그들에겐 과거는 없고 오로지 현재만 있을 뿐이다. 이렇듯 오웰은 과거에 대한 〈기억 말살〉은 대중을 지배하기 위해 전체주의자들이 사용하는 중요한 수단이 되고, 그것은 〈언어의 왜곡〉을 통해 가능하다는 것을 보여 준다.

동물 농장에서 전개되는 반란 이후의 상황은 마르크스가 사회주의에 대해 생각했던 아래로부터의 혁명이 되지 못하고 위로부터의 혁명이 되고 만다. 혁명의 기본 문제는 과거의 독재자들이 행사했던 억압적 권력이 아닌 공정한 권력을 이상과 어떻게 결합시키느냐 하는 것이지만, 동물 농장의 경우에는 나폴레옹을 위시한 돼지들의 권력 욕구로 인해 그것이 실패로 돌아간다.

반란 초기의 혁명적 이상은 사라지고 돼지들의 전제 정치로 변질된 가장 뚜렷한 예는 이들이 자신들의 옛 억압자였던 인간들의 행동을 그대로 따른다는 데 있다. 그것은 이웃 농장주들인 인간들이 돼지들의 초청으로 동물 농장을 방문하는 대목에 여실히 드러나 있다. 이제 돼지들과 인간들 사이에는 평화 공존이 자리하여 웃음소리와 노랫소리가 흘러나온다. 이 장면을 밖에서 들여다보고 있던 다른 동물들은 돼지들이 서서히 인간의 모습으로 변하는 것을 보고 어느 쪽이 인간이고 어느 쪽이 돼지인지 분간할 수 없게 된다. 이처럼 구별이 불가능할 정도로 돼지들이 인간화되는 서글픈 장면은 〈실천 철학〉으로서의 〈마르크스적 이상〉에서 출발한 러시아 혁명이 스탈린이라는 한 개인의 전제 정치로 전락해 버린 러시아의 정치 상황을 포함한 당대의 정치사를 바라보는 작가의 환멸감을 극명히 보여 준다.

작가가 이 소설의 모델을 러시아 혁명과 스탈린에서 따왔다고 해서 이 소설을 단순히 소련 공산주의를 비판하고 냉전 시대의 반공 이데올로기를 조장한 작품으로 봐서는 곤란하다. 오웰은 마르크스주의에 입각한 사회주의 혁명과 사회주의 국가 건설을 누구보다 열망했던 인물이다. 러시아 혁명이 독재자 스탈린의 등극으로 애초의 이상과는 다르게 전체주의적 상황으로 흘러갔기 때문에 자신의 사회주의적 전망이 점점 절망적으로 흘러간 것이지 노동자들을 중심으로 하는 민주적 사회주의 국가의 건설 자체를 반대한 것은 결코 아니다. 그는 스페인에서 민주적 사회주의 국가 건설을 누구보다 더 열렬히 바라지 않았던가. 나폴레옹의 동물 처형이 있고 난 뒤 클로버가 언덕 위로 올라가 눈물을 흘리며 상념에 잠기는 대목이 있다. 동물 농장의 학살과 공포는 메이저가 그들에게 반란을 선동하며 꿈꾸었던 미래는 아니었다. 그들이 소망했던 미래는 모든 동물들이 평등하고 공평한 사회였다. 이것이 바로 작가 오웰이 그토록 바라마지않던 계급 없는 민주적 사회주의의 모습이 아니었던가.

러시아 혁명의 실패 과정을 논하면서 모든 혁명이 실패할 본질적 가능성까지도 염두에 두었느냐 하는 점은 이 소설에 뚜렷이 제시되어 있지 않지만, 오웰은 혁명적 이상은 권력과 조화를 이루기 어려우며, 결국 권력의 부패와 사회적 타락으로 연결될 수 있음을 지적한다. 따라서 이 소설은 공산주의자들이 권력을 잡고 어떻게 타락해 갔는가에 대한 이야기일 뿐 아니라 누구라도 쉽게 그렇게 될 수 있다는 경고이기도 하다. 절대 권력은 부패하기 마련이고 따라서 혁명은 애초의 목적과는 다르게 실패할 수 있다. 그러므로 역사는 새로운 독재자들이 권력을 차지하기 위해 옛 독재자들을 전복시켜 온 기록인 것이다. 결국 『동물 농장』에서 오웰은 〈이상〉이 아무리 바람직하더라도 자연적 본능인 〈권력에 대한 욕망〉 때문에 계급 없는 사회는 불가능할 수 있음을 지적하고 있다.

박경서

조지 오웰 연보

1903년 출생 6월 25일 인도 벵골 지방의 모티하리에서, 영국 아편국 소속 인도 주재 공무원 리처드 웜슬리 블레어Richard Walmesley Blair와 아이다 메이블 블레어Ida Mabel Blair 사이에서 태어남. 본명은 에릭 아서 블레어Eric Arthur Blair.

1904년 1세 어머니는 자식들의 교육을 위해 남편을 인도에 남겨놓고 에릭과 에릭의 누나 마조리Marjorie를 데리고 영국으로 돌아옴. 에릭 가족은 옥스퍼드 주(州)의 헨리온템스에 새 터전을 마련함.

1907년 4세 어머니가 막내 에이브릴Avril을 출산. 어머니는 1912년 남편이 귀국할 때까지 인도에서 부쳐 주는 돈으로 세 아이들을 키우며 생활함.

1911년 8세 런던에서 남쪽으로 약 10킬로미터 떨어진 서식스 주의 이스트본 교외에 위치한 세인트 시프리언스 예비 학교에 입학. 그해 가을부터 5년 남짓 학교에 다님.

1912년 9세 헨리온템스에서 남쪽으로 3킬로미터 떨어진 조그만 마을 쉽레이크로 이사해 1915년까지 생활함.

1914년 11세 10월 2일 잡지『헨리 앤드 사우스 옥스퍼드셔 스탠더드』에「깨어라! 영국의 젊은이들이여Awake! Young Men of England」

라는 시를 발표함.

1917년 14세 3월 초 이튼 스쿨 장학생으로 선발되었다는 통지를 받음. 5월 초 이튼스쿨 국왕 장학생으로 입학함.

1918년 15세 심한 폐렴으로 고생함. 평생 동안 우정을 나누고 장차 그의 문학 활동에 있어 든든한 버팀목이 될 시릴 코놀리Cyril Connolly를 만남.

1921년 18세 이튼스쿨 졸업.

1922년 19세 6월 제국주의 경찰이 되기 위해 일주일 동안 시험을 치르고 합격함. 10월 27일 리버풀을 떠나 버마(미얀마)의 랑군으로 가는 기나긴 여정에 오름. 만달레이에 있는 경찰 훈련 학교를 졸업하고 인도 제국주의 경찰로 버마에서 근무를 시작함.

1924년 21세 랑군에서 16킬로미터 떨어진 시리암 지역에서 부총경으로 근무함.

1925년 22세 인세인에서 다음 해 4월까지 근무함.

1926년 23세 만달레이에서 북쪽으로 3백 킬로미터 정도 떨어진 카타에 배치됨.

1927년 24세 휴가차 귀국했다가 경찰에 사직서 제출. 작가의 길을 걷기로 마음먹고 런던 포토벨로 거리의 싸구려 하숙집에서 생활함. 하층민과 어울리며 뜨내기 생활을 함.

1928년 25세 1월 1일 경찰직 사직서가 수리됨. 봄에 파리로 건너가 한 허름한 호텔에 작은 방 하나를 얻어 무명작가의 길을 걷기 시작함. 10월 6일 「영국 비판La Censure en Angleterre」이 『르 몽드』에 실림. 12월 29일 『G. K. 위클리』에 「싸구려 신문A Farthing Newspaper」이라는 글을 기고해 영국에서 자신의 글을 처음으로 선보임.

1930년 27세 『파리와 런던의 밑바닥 생활Down and Out in Paris

and London』을 집필함.

1931년 28세 8월 초『파리와 런던의 밑바닥 생활』의 타자 원고를 조너선 케이프 출판사에 넘김.

1932년 29세 4월 런던 서쪽 헤이즈에 있는 호손스 남자 고등학교에서 교사 생활을 함.

1933년 30세 1월 9일『파리와 런던의 밑바닥 생활』이 골란츠에서 조지 오웰George Orwell이라는 필명으로 출간됨.『선데이 익스프레스』에 의해 금주의 베스트셀러로 선정됨.『버마 시절*Burmese Days*』 집필을 시작함. 크리스마스를 며칠 앞두고 네 번째 폐렴 증세로 옥스브리지 카티지 병원에 입원함.

1934년 31세 『목사의 딸*A Clergyman's Daughter*』집필을 시작함. 『버마 시절』이 미국 하퍼스에서 출간됨. 런던 햄스테드에 있는〈북러버스 코너〉라는 서점에서 점원 생활을 시작함.

1935년 32세 『목사의 딸』이 골란츠에서 출간됨.

1936년 33세 1월 31일 영국 북부 지방의 실업 실태와 생활 환경에 대한 소설을 쓰기 위해 북부로 떠남. 3월 30일 북부에서의 일을 마치고 런던으로 돌아옴. 4월 30일『엽란이여 날아라*Keep the Aspidistra Flying*』가 골란츠에서 출간됨. 5월 아일린 모드 오쇼네시 Eileen Maud O haughnessy와 결혼해 월링턴에서 신혼 생활을 함. 스페인 전쟁 기간 동안 마르크스주의 통일 노동자당 소속 의용군으로 참전함. 이후 115일 동안 스페인 아라곤 전방에서 복무함.

1937년 34세 3월『위건 부두로 가는 길*The Road to Wigan Pier*』이 골란츠에서 출간됨. 5월 아라곤 전투에서 목에 치명적인 총상을 입지만 구사일생으로 살아남. 6월 아내와 함께 바르셀로나를 탈출해 프랑스를 거쳐 영국으로 돌아옴.

1938년 35세 3월 각혈이 심해 프레스턴 홀 요양원에 입원함. 1월

중순 『카탈로니아 찬가Homage to Catalonia』 원고를 마무리함. 4월 『카탈로니아 찬가』가 세커 앤드 워버그에서 출간됨. 여름 독립 노동당ILP에 입당함. 9월 아내와 함께 모로코 여행을 떠남.

1939년 36세 카사블랑카에서 런던으로 돌아옴. 『숨 돌리기Coming Up for Air』가 골란츠에서 출간됨. 제2차 세계 대전이 발발함. 군대에 자원했으나 폐가 나빠 입대 불가 판정을 받음.

1940년 37세 3월 『고래 배 속에서Inside the Whale』가 골란츠에서 출간됨. 6월 신체 검사가 까다롭지 않은 민방위대에 자원해 제5런던 대대의 하사가 됨. 이후 3년간 근무. 7종 이상의 정기 간행물에 열두 편의 수필과 서평을 씀.

1941년 38세 2월 『사자와 일각수The Lion and the Unicorn』가 세커 앤드 워버그에서 출간됨. BBC 방송국에서 대담 진행자, 뉴스 해설 집필자 등으로 일함.

1942년 39세 『호라이즌』, 『트리뷴』 등에 각종 글을 기고함.

1943년 40세 9월 BBC에 사직서를 제출함. 『트리뷴』의 문예 담당 편집자로 15개월 동안 근무함. 『트리뷴』의 고정 칼럼 「나 좋을 대로As I Please」를 집필함.

1944년 41세 양자를 들이고 리처드 호레이쇼 블레어Richard Horatio Blair라고 이름 지음. 『동물 농장Animal Farm』을 탈고함.

1945년 42세 독일의 패망과 프랑스의 사정을 취재해 『업저버』와 『맨체스터 이브닝 뉴스』에 글을 싣기 위해 파리로 건너감. 아내 아일린이 자궁 적출 수술 중 심장 마비로 사망함. 여름, 자유 수호 위원회 부회장으로 선출됨. 8월 『동물 농장』, 여러 출판사에서 출간을 거절당하다가 세커 앤드 워버그에서 출간되고, 2주 만에 초판이 매진됨. 12월 친구 코놀리의 집에서 두 번째 아내가 될 소냐 브라우넬Sonia Brownell을 만남.

1946년 43세　2월 『비평집 *Critical Essays*』이 세커 앤드 워버그에서 출간됨. 그해 여름 유모 겸 가정부인 수전 왓슨과 아들 리처드를 데리고 스코틀랜드의 섬 주라의 반힐로 향함. 8월 『1984년 *Nineteen Eighty-Four*』을 50면 정도 집필함. 10월 런던으로 돌아옴.

1947년 44세　주라를 다시 방문함. 11월 주라에서 폐렴과 사투를 벌이며 『1984년』의 초고를 완성한 후 폐 전문 병원인 헤어머스 병원에 입원함. 폐결핵 양성 판정을 받음.

1948년 45세　주라를 다시 찾아 『1984년』을 탈고함. 12월 초 타이핑 작업이 끝난 원고를 세커 앤드 워버그로 보냄.

1949년 46세　6월 『1984년』이 세커 앤드 워버그에서 출간됨. 9월 초 런던 유니버시티 칼리지 병원에 입원함. 10월 13일 병실 침대 옆에서 소냐와 약식 결혼식을 올림.

1950년 47세　1월 21일 특별기를 전세 내 스위스에 있는 요양원으로 가려던 중 숨을 거둠. 템스 강변에 있는 올 세인츠 교회에 안장됨.

1968년　부인 소냐와 이언 앵거스가 공동으로 작업하여 『조지 오웰 에세이, 저널, 편지 모음집 *Collected Essays, Journalism and Letters of George Orwell*』을 네 권으로 간행함.

동물 농장

지은이 조지 오웰 20세기 영문학에서 〈정치적 글쓰기〉로 독특한 문학적 위치를 차지하고 있는 조지 오웰. 본명은 에릭 아서 블레어Eric Arthur Blair로, 1903년 6월 25일 인도 뱅골 지방의 모티하리에서 태어났다. 영국 행정부 소속 공무원인 아버지를 남겨 두고 어머니와 영국으로 돌아온 오웰은 국왕 장학생으로 명문 사립 이튼 스쿨에 입학한다. 졸업 후 버마로 건너가 〈인도 제국주의 경찰〉이 되지만 제국주의의 억압과 허구성에 환멸을 느끼고 영국으로 돌아와 사직서를 제출한다. 수필 「코끼리를 쏘다」, 「교수형」, 소설 『버마 시절』에는 오웰의 그 시절 경험과 식민주의를 바라보는 그의 심경이 잘 묘사되어 있다. 작가의 길로 들어선 오웰은 영국의 빈민가에서 생활하며 사회주의적 정치관을 정립하게 된다. 이 시기에 발표한 소설이 바로 『파리와 런던에서의 밑바닥 생활』이다. 이후 스페인 내전 참전 경험을 바탕으로 르포르타주 형식의 소설 『카탈로니아 찬가』를 발표한다. 그리고 나치즘, 파시즘, 스탈린주의로 일컫는 〈전체주의〉의 실상을 뚜렷이 인식하고, 그것이 진실을 왜곡하고 인간의 본성을 위협하는 것을 보며 깊은 회의에 빠진다. 이를 계기로 오웰의 정치적 색채는 비관적으로 바뀌고, 이후 나온 『동물 농장』과 그의 마지막 소설 『1984년』에 이러한 비관적 사상이 그대로 반영된다. 1950년 1월 21일, 참전 당시 입은 총상과 지병인 폐렴의 악화로 인해 47세에 생을 마감한다.

옮긴이 박경서 1961년 경남 산청에서 태어나 대구대학교 영어영문학과를 졸업하고 영국 케임브리지 대학교 하기 대학원 영문학과에서 수학했으며 영남대학교 대학원 영어영문학과를 졸업했다. 1997년 영문학 박사 학위를 취득했다. 지은 책으로는 『조지 오웰』이 있으며, 옮긴 책으로는 조지 오웰의 『1984년』, 『버마 시절』과 『코끼리를 쏘다』, 니코스 카잔차키스의 『크노소스 궁전』, 워싱턴 어빙의 『스케치북』, 어니스트 헤밍웨이의 『우리 시대에』, F. 스콧 피츠제럴드의 『말괄량이 아가씨와 철학자들』 등이 있다.

지은이 조지 오웰 옮긴이 박경서 발행인 홍예빈
발행처 주식회사 열린책들 **주소** 경기도 파주시 문발로 253 파주출판도시
전화 031-955-4000 **팩스** 031-955-4004
홈페이지 www.openbooks.co.kr **이메일** literature@openbooks.co.kr
Copyright (C) 주식회사 열린책들, 2006, 2009, 2025, *Printed in Korea*.
ISBN 978-89-329-2512-7 04840 **ISBN** 978-89-329-2511-0 (세트)
발행일 2006년 12월 30일 초판 1쇄 2009년 11월 30일 세계문학판 1쇄 2024년 11월 25일 세계문학판 29쇄 2025년 5월 5일 세계문학 모노 에디션 1쇄